반려의 말들

반려의 말들

초판 인쇄 | 2024.4.1
초판 발행 | 2024.4.1

지은이 | 김소연, 김진희, 손지훈, 윤혜림, 임소명
디자인 | 사라
발행인 | 변은혜
발행처 | 책마음

출판 등록 | 2023. 01.4 (제 2023-1호)
주 소 | 원주시 서원대로 427, 203-1401
전 화 | 010-2368-5823
이메일 | book_maum@naver.com

값 15,000원
ISBN | 979-11-984851-6-8 (03810)

반려의 말들

김소연
김진희
손지훈
윤혜림
임소명

채마음

프롤로그

◇◇◇◇◇◇

'반려'는 삶을 함께하는 동반자를 뜻합니다. 이제 반려의 존재는 동물을 넘어 식물, 일상 속 사물, 그리고 다양한 형태의 인공지능까지 포괄하고 있는데요. 반려의 중심축이 이동하고 있는 것이지요. 삶의 동반자가 사람이나 생명이 있는 모든 존재뿐 아니라 사물이 되기도 합니다. 이런 배경에는 100세 시대와 1인 가구가 늘어난 배경과도 맞물리는데요. 반려의 존재가 꼭 사람일 필요가 없다는 사실이 씁쓸하기도 하지만, 인간에게 삶을 동반할 존재가 필요한 것은 분명합니다.

지금 이 순간에도 우리 옆에는 수많은 '반려'와 함께하며 살아갑니다. 동물이든 식물이든, 혹은 삶을 윤택하게 해주는 기술적 동반자든 지금 이 순간에도 우리 옆에는 다양한 반려가 자리하고 있죠. 《반려의 말들》은 이들과의 교감을 통해 우리가 놓치기 쉬운 일상 속 작지만 소중한 가치들을 발견하고,

서로를 이해하며 함께 성장해 나가는 이야기를 담았습니다.

세상이 급변하며 우리의 삶도 빠르게 변화하지만, 변함없이 옆에 있는 것은 '반려'들입니다. 이 책은 그동안 말없이 우리 곁을 지켜온 반려들에게 더 깊이 다가가 그들의 세계를 엿봅니다. 그 과정에서 우리는 그들과 함께 살아가는 삶의 아름다움을 배웁니다.

때로는 반려동물의 눈빛에서, 때로는 오랫동안 탐구하는 일에서, 때로는 너무나도 가까운 존재에게서 삶의 소중한 교훈을 다시 얻습니다. 이 책은 그러한 순간들을 포착하여 '반려'가 우리에게 전하는 말들을 들려주고자 합니다. 각 장마다 담긴 이야기는 우리가 일상에서 잊고 지낸 따뜻함과 위로, 그리고 사랑을 다시 한번 상기시키며, 누구나 쉽게 공감하고 위안을 얻을 것입니다.

더불어 《반려의 말들》은 모든 독자가 자신의 반려와 더욱 깊이 있고 소중한 관계를 맺을 수 있도록 돕고, 나아가 이 세상 모든 존재와 더불어 사는 삶의 진정한 의미를 되새기는 계기를 마련해 줄 것입니다. 이제, 우리의 반려들이 전해주는 소중한 말들을 함께 들어보실까요?

엮은이 변은혜

목차

2장 나와 우리의 공간을 함께 만들어가다

어쩌면 '맹꽁이처럼 없는 숨까지 불려서 더
크게, 강하게 버티고 있어서 더 힘들었을까?'
라며 저를 다독거렸던 기억이 스쳐 갑니다.

1장

작은 위로자,
반려가 주는 행복

짝꿍

스무 살 첫사랑이
내 인생 평생 짝꿍이 되다

드라마틱했던 첫 만남부터 결혼까지

스무 살, 지금의 신랑 아니 짝꿍이라는 표현을 쓰고 싶네요. 지금의 짝꿍을 만났을 때의 제 나이 스무 살, 누구에게나 스무 살 자체가 가지고 있는 의미는 남다르지 않을까 싶습니다. 십 대에서 이십 대로 가는 첫 문, 그 문 앞에서 만난 첫사랑, 조금은 엄격한 집안 분위기에서 자란 저와는 뭔가 다름이 전해졌던 그때의 느낌이 아직도 생생합니다.

햇빛이 유난히 따가웠던 여름, 7월의 어느 날, 학교 도서관 구석 자리에서 그날따라 편두통이 너무 심했던 저는 잠깐 비틀거리다 두통이 너무 심해 그 자리에서 쓰러져 버렸습니다. 물론 약하고 호리호리한 드라마 속 여주인공 상상은 NO!! 누군가 다급하게 와서 쓰러진 저를 벌떡 안고 가까운 학교 내 의무실로 저를 데리고 갔다는 친구의 말을 들은 건 나중에 정신이 조금 든 후였습니다. 지금 생각해 보면 어느 드라마의 한 장면 같을 수도 있었겠다 싶네요.

　그 당시 스트레스를 많이 받으면 편두통이 심하게 왔었기에 약해서라기보다 편두통에 잠깐 기절했었던 것입니다. 정신을 차리고 나서는 고마움도 물론 가득 있었지만, 부끄러운 맘이 먼저 찾아온 건 왜일까요? '얼마나 무거웠을까? '를 생각하니 쥐구멍에라도 들어가고 싶은 그때의 화끈거림이 기억나 지금도 얼굴이 빨개집니다. 감사의 마음을 얼른 전해야겠다는 생각으로 그다음 도와준 그 남학생 아니 선배를 수소문해서 찾아가 캔 커피와 고마웠다는 말 한마디를 건네고 얼른 그곳을 빠져나왔던 기억, 그게 끝인 줄 알았었지요.

　그런데 제가 캔 커피를 건네준 사람은 저를 도와준 그 선배가 아니었고 그 선배 친구였던 거예요. 그럼, '그 선배님은 왜 캔 커피를 받은 거지?', '뭐야 어떻게 된 거야?' 이런저런 복잡한 생각이 들면서 친구랑 중얼중얼 "어쩌지? 그 사람은 우리 학교도 아니라는데, 왜 그 캔 커피가 그쪽으로 간 거야?"라고 투덜거리며 도서관을 내려오는 중 뒤에서 갑자기 "몸은 좀 괜찮아요?"라며 말을 걸어오는 웬 남학생의 목소리가 들렸습니다.

'헉~~이게 무슨 일?' 저를 도와줬던 그 선배 아니 그 선배의 친구, 지금의 제 짝꿍이 말을 걸어왔습니다. 그래서 전 너무 얼떨결에 "아, 네…. 제가 감사 인사를 전하려고 했는데 그게, 잘못 전달되어서…."하며 횡설수설하며 친구와 걸음을 재촉하며 정문을 빠져나왔던 짝꿍과의 첫 만남, 그 긴장감과 부끄러움, 당황스러웠던 기억이 아직도 정말 생생합니다. 나중에 서로 연인이 되어 그때의 이야기를 나누곤 하는데 "우린 인연이었나보다."라며 서로의 추억 한 장으로 간직되어있는 그 날로부터 10,090여 일, 27년 하고도 6개월이 넘는 시간이네요.

저보다 세 살 연상인 짝꿍은 남들보다 조금 늦게 군대에 입대했어요. 당시에도 아르바이트로 학생들을 가르치고 있었고 정말 그 누구보다 열심히 학교생활을 했었지요. 그러다 보니 다른 사람들보다 조금 늦게 입대하게 되었고 그 후 2년 6개월 동안 이미 콩깍지가 씌어 있던 저는 군 제대하는 그 날까지 군인 아저씨인 짝꿍을 열심히 기다리는 곰신이 되었습니다.

그 여느 연인과 마찬가지로 알콩달콩 달콤함이 있는 순간, 티격태격 흐린 날씨의 순간 모든 시간을 함께한 우리만의 추억을 하나하나 쌓고 있었습니다. 그렇게 10년간 우리만의 러브스토리를 만들어 가게 되었네요. 지금 생각해 보니 '참 심장이 뜨거웠던 시절이었구나.' 싶은 추억에 미소 짓습니다. 그렇게 우린 해가 열 번이 바뀔 때까지 서로를 바라볼 수 있었고 10년의 연애를 마치면서 또 다른 우리만의 세상의 문인 결혼에 골인합니다.

짝꿍은 자신의 감정표현에 인색함이 없고 생각의 범위가 참 넓은 사람입니다. 감정표현이 서툴기도 하고 정해진 틀이 편안한 저와는 참 많이 다른 사람입니다. 자존심이 아닌 자존감이 높다는 말이 짝꿍에게 참 어울리는 말이라는 걸 요즘 새삼 느낍니다. 연애는 서로 다른 점에 끌리거나 반대로 비슷한 점이 많아서 끌리거나 이렇게 두 가지 중 하나의 포인트에 이끌린다고 했던 지인의 말이 문득 생각이 납니다.

그리고 보면 참 우리는 아주 많이 달랐던 것 같은데 그 점에 서로 끌렸던 걸까요? 조금은 내성적이고 짜인 틀에서 성장한 저와는 다르게 열린 생각, 때로는 기발한 생각을 할 정도로 조금은 엉뚱한 면도 있고 4형제 중 막내여서 그런지 틀에 정해진 것 보다는 더 넓고 깊은 것들을 생각하는 세 살 연상의 오빠, 늘 항상 저를 응원해 주고 격려해 주는 그 마음에 어쩌면 푹 빠졌었는지도 모르겠습니다.

결혼 후에도 살짝 다투면 먼저 손 내미는 건 언제나 짝꿍이었습니다. 늘 저에게 져주는 사람이어서 연애, 결혼생활 내내 그걸 너무 당연하게 생각한 건 아닌지 요즘은 미안해지는 경우가 참 많습니다. 그의 선한 영향력으로 내성적이고 감정표현에 서툴렀던 저는 조금씩 변해가기 시작했고 지금 이렇게 제 이야기를 글로 전할 수 있는 용기를 가질 만큼 한 걸음씩 성장할 수 있었던 것 같아 감사함을 전해보고 싶네요.

같은 곳을 바라보며 걸어가고 있는 한 쌍

짝꿍은 대학교 시절부터 아르바이트로 아이들을 가르쳤고 저 또한 아이들을 가르치기 시작한 것도 짝꿍의 영향이 컸습니다. 대학 시절부터 우린 가르치는 경험을 계속하면서 아이들이 성장하는 것을 볼 때 뿌듯함과 보람을 느꼈지요. 일주일에 한 번은 청소년 시설, 그리고 직장인들을 위한 교육시설에 가서 공부를 도와줄 만큼 누군가에게 우리가 가진 달란트로 도움이 될 만한 일들을 많이 찾아서 했었고 지금도 이어가고 있습니다.

대학교 졸업 후 짝꿍은 대치동에서 학생들을 가르치게 되었고 일 년 후 저 또한 같은 곳에서 학생들을 지도하게 되면서 우린 같은 일을 하는 파트너이기도 했습니다. 부부가 같은 일을 하면 싸우는 일이 많지 않냐는 지인들의 물음이 있곤 해요. 다행히 우리는 서로 시너지를 얻는 부분이 더 많은 것 같고 교육철학이 같기 때문에 미래를 그리는 모습 또한 함께 생각하며 일궈 나가고 있어요.

우리와 함께 고민하고 공부했던 아이들이 진로 방향을 잡은 후에도 꾸준히 찾아오고 소통하고 있고 지금도 여전히 그곳에서 아이들을 가르치고 있다는 건 20여 년간 우리 부부만의 교육철학으로 소신 있게 나아갔기 때문이라고 자부합니다. 우리 부부가 가진 달란트를 환원할 수 있는 부분을 찾아 서로 이야기하며 미래 계획을 만들어 가는 중입니다.

요즘 제게 갱년기 녀석이 찾아온 것인지, 자꾸 울컥울컥하고 마음의 그래프가 오르락내리락하며 요동칩니다. 그러다 보니 가장 가까운 사람, 짝꿍에게 자꾸 신경질을 내게 되고, 맘에 없는 소리로 상처를 준 것 같아 글을 쓰면서 더더욱 미안해졌습니다. 가장 편한 사람이어서, 가장 가깝다는 이유로 소홀히 대한 건 아닌가 반성도 하게 되는 요즘 예전 사진첩을 다시 자꾸 들여다보는 습관이 생겼습니다.

연애 시절 우리의 모습들을 찬찬히 기억해 보면 짝꿍에 대한 미안함이 마음 한구석에서 문을 열고 나와 성큼성큼 제 앞으로 다가오곤 합니다. 특히 멋쩍게 그 녀석을 대면해야 할 때가 가장 민망한 것 같아요. 여러 가지 추억 필름이 현상되는데, 짝꿍에 대한 미안함이라는 녀석을 마주하게 되면 제가 힘들다는 이유로 짝꿍의 마음을 아프게 한 기억을 마주하게 되지요. 사진첩을 보며 추억을 하나씩 되짚으니 예전 추억의 '나'와 마주하게 되는 시간이 많았습니다. 그리고 그때의 '내'가 지금의 '나'에게 짝꿍의 소중함을 다시 일깨워 주더라고요. 부끄럽게도 함께 한 시간만큼의 깊이가 있었음에도 인제야 감사를 고백합니다.

부부는 시간이 흘러가면서 점점 닮아간다는 이야기가 정말 사실일까요? 연애 시절에는 제가 거의 짝꿍에게 기대는 작은 나무에 불과했고, 짝꿍은 마을을 지켜주는 든든한 고목처럼, 아낌없이 주는 나무였습니다. 28년 후인 지금의 저는 스무 살 때보다는 든든하게, 가끔은 짝꿍의 투정도 받아줄 수 있는 단단한 나무로, 짝꿍은 책임감으로 똘똘 뭉쳐져 있던 무게감을 조금은 덜고 좀 더 편안하게 옆으로 가지를 뻗어가는 그런 나무로 계속 자라나고 있는 것 같습니다.

뿌리가 다른 나뭇가지가 서로 엉켜 마치 한 나무처럼 자라는 현상의 연리지처럼 서로 다른 곳에서 태어나고 다른 환경에서 자랐지만, 함께 나눈 시간과 추억들이 소중함으로 엉켜 그렇게 하나의 나무처럼 성장해 나가고 있네요. '닮아간다는 건' 내가 네가 되고 네가 내가 되는 것, 그것은 어쩌면 서로의 색에 조심히, 조용히, 서서히 물들어간다는 것이 아닌가 싶습니다.

우연히 만나 인연이 된 우리, 서로 가지고 있던 색이 점점 옅어져 가지만 어쩌면 그만큼 우리의 색은 짙어져 가는 것, 그것이 닮아가는 우리의 모습인 듯하네요.

앞으로의 우리 이야기 여전히 ING

10년간의 연애 시절을 꺼내어 그 안에서의 소중한 추억거리들로 시간 가는 줄 모르고 이야기할 때면 서로의 기억 속에 존재하는 '너와 나'가 '우리'로 뭉쳐 함께 걸어가고 있는 이 길의 한 걸음 한 걸음이 신기하면서도 소중하다는 깨달음을 얻습니다. 인디언 속담에 '친구란 내 슬픔을 등에 지고 가는 사람'이라는 말이 있습니다. 이 속담을 이야기하면서 '결혼은 상대방의 슬픔을 등에 지고 함께 가고 싶은지, 그럴 수 있겠는지를 생각해 보면 좋을 것 같아요.'라고 하신 어느 분의 말씀이 생각이 나네요. 저 질문을 지금의 제게 던진다면 '기. 꺼. 이'

연애 10년을 포함해 함께 한 지 28년째 되는 〈우리의 이야기 전편〉의 장르는 무엇이었을까? 살짝 돌이키며 생각해

봤습니다. 여러 장르를 왔다 갔다 하면서 우리만의 필름을 만들지 않았을까 싶어요. 시간이 흐르면서 점점 더 닮아가고 있는 우리 부부가 만들어 갈 〈우리의 이야기 후편〉은 어떤 장르와 스토리로 이어 나갈지 내심 기대가 됩니다. 엄격한 집안 분위기의 장녀와 자유로운 집안 분위기의 4남매 중 막내의 이야기는 여전히 앞으로도 to be continued….

김소연의 글

아이들

아이들의 추억 안에서
오래 살기

저에게는 고등학교 3학년인 딸과 중학교 2학년인 아들이 있습니다. 어느새 이렇게 커버렸는지 모르겠습니다. 옛 어르신들께서 하시는 말씀은 틀린 게 없다고 하지요? '자식은 커서도 물가에 내놓은 아이 같다.' 는 말을 어렸을 땐 이해가 되지 않았습니다. 그러나 엄마가 되고 나서는 어떤 의미인지 고개가 끄덕여지더라고요. 다 스스로 잘하고 있음에도 물가에 내놓은 아이 같은 마음이 드는 건 아이들을 믿지 못하는 것이 아니라 어쩌면 이제 부모 곁을 떠나 독립할 때가 되어감을 저 자신도 알게 되니 미리 방어막을 치는 건 아닌가 하는 생각이 듭니다.

요즘 우리 아이들이 잘 쓰는 말이 있습니다. "알·잘·딱 할게요."란 말이 있더라고요. '알아서 잘 딱 할게요.'라는 말의 줄임말이라고 해요. 이제 자신들도 컸다 이 말이겠지요? 이제 우리 집에서 제가 가장 키가 작은 사람이 되어 버렸습니다. 매일 보니 크는 걸 잘 몰랐는데 어느새 훌쩍 커서 높은 곳 물건을 꺼내주며 애교를 떠는 사춘기 중2 아들 녀석, 고3은 자기에게는 안 올 줄 알았다며 너스레 떠는 첫째 딸내미를 보고 있노라니 좋으면서도 마음 한편에 아쉬움이 진하게 자리 잡습니다.

첫째에 대한 여러 가지 마음 중에 가슴 한쪽에 있는 감정을 굳이 표현하자면 '시리다'라는 표현을 쓸 수 있을까요? 마음 한편이 저릿저릿해 오면서 미안함이 가득 밀려와서 마음이 시려오곤 할 때가 있습니다. 다른 엄마들도 그런지는 잘 모르겠지만 전 마음 한편이 아플 때가 있더라고요. 그 때는 엄마가 처음이기에 너무 많이 부족했고 서툴렀습니다. 그럼에도 이렇게 잘 커 주고 있는 큰아이를 볼 때마다 눈시울이 붉어질 때가 많습니다.

편찮으신 시아버님을 모시던 중 일과 육아에 지쳐있었었는지 면역력이 약한 사람에게 바이러스가 잘 간다는 결핵에

걸린 때가 있었습니다. 큰아이가 두 살 때였습니다. 감기인 줄만 알았다가 결핵 판정을 받고 1차 결핵약을 1년 반을 먹었습니다. 남들은 6개월만 먹어도 된다던데 도중에 림프샘에 문제가 생겨 더 연장해서 1년을 꼬박 독하다는 결핵약을 복용해서 둘째를 갖겠다는 생각은 엄두도 낼 수가 없었습니다.

아이 둘은 갖고 싶었고, 둘째를 첫째와 터울이 많이 나지 않게 낳고 싶었는데 결핵으로 인해서 계획이 많이 늦춰졌었죠. 호흡기 내과 의사 선생님께서 "자…. 이제는 애국자 될 일만 남으셨네요~! 그동안 고생하셨습니다."라고 하셨던 그 말씀에 얼마나 기뻐했던지요. 결핵약이 독하다 보니 약을 먹지 않고도 6개월 이상은 임신을 하지 않는 게 좋다고 하셔서 기다리고 있던 참이었거든요. 그렇게 우리 둘째도 누나와 네 살 차이로 태어났습니다.

그래도 첫 아이의 육아를 해봤다고 둘째는 첫째만큼 어렵지 않을 거로 생각했어요. 그러나 일 더 하기 일은 이가 아니고 백이더라고요. 성별도 다른 데다가 큰아이까지 돌봐야 하니 보통 일이 아니었습니다. 아이가 둘인데도 육아가 만만치 않았는데 셋, 넷을 키우시는 엄마들이 정말 존경스러웠습니다. 어렸을 때 잦은 병치레가 많았던 저와는 달리 짝꿍의 좋은 체력을 닮았는지 아이들은 잘 먹고 자고 건강하게 자라주었습니다. 참 감사한 일이지요.

엄마의 역할을 나름으로 열심히 한다고 했는데 요즘 커가는 아이들을 보니 못 해 준 것만 자꾸 생각나는 것은 왜일까요? 해주고 해줘도 모자란 게 엄마 마음인 거겠죠? 저보다 더 어른 같이 이야기하고 생각을 표현하는 아이들을 볼 때면 놀랍기도 하고 뿌듯하기도 합니다. 어린 시절의 귀여움이 청소년 시기의 늠름함으로 변해서 사춘기지만 우리 집 애교 담당하는 아들, 무심한 척 챙겨줌의 매력 발산 담당인 딸, 요즘은 이 아이들을 제 눈에 담기 바쁩니다. 아이들이 커가는 게 뿌듯하면서도 아쉬움이 가득하니 더더욱 눈에 담고 마음에 찍는 중입니다.

제가 김창옥 교수님을 좋아하다 보니 그분이 하신 말씀이 많이 기억나네요. "인디언들이 그랬대요. 사람은 언제 죽냐면 누군가의 추억에서 사라질 때 죽는다고, 우리는 아이의 추억에 오래 살아야 하잖아요. 그러려면 우린 추억이 있어야 하는 거죠. 기억과 추억은 다르답니다. 기억은 메모리이고 추억은 좋은 기억이에요. 추억이 떠오른다는 건 엄마 아빠가 살아있는 그 시절로 순간 돌아가는 것이에요. 향기도 그렇고, 촉감도 그렇고, 눈으로 보는 것도 그렇고…."

어버이날뿐만 아니라 스승의 날에, 아이들에게서 온 문자가 생각이 나네요. 스승의 날이어서 더더욱 놀랐던 기억이 있어요. "늘 사랑으로 대해주시고 제가 존경 할 수 있는 부모님이 시기에 스승의 날에 꼭 문자를 보내고 싶었습니다. 영원한 나의 부모님이자 내 인생 스승님 사랑합니다."

이제는 하루하루 커가는 아이들을 아쉬움보다는 감사함으로 여기며 더 소중히 일궈 나가야겠다는 생각을 글 쓰는 내내 하게 됩니다. 늘 부족했던 엄마지만 사랑으로 표현해 주는 아이들이 있어서 앞으로의 삶도 풍성하게 엮어 갈 수 있을 것 같아 마음이 따스해집니다. 글쓰기로 인해 아이들과의 추억이 있는 울타리 안에서 풍성하게 나누고 사랑하며 살아갈 수 있는 하루하루가 더욱더 소중해지는 계기가 되었습니다.

김소연의 글

MBTI

나다움 찾아가기

   제 MBTI는 ISFJ입니다. 주변 지인들은 제가 MBTI가 I라 하면 다들 E인 줄 알았다며 놀라곤 하는 경우가 많아요. MBTI의 I는 내향형, 내부 세계의 개념이나 아이디어에 에너지를 사용하고 혼자 조용히 있을 때 에너지를 충전, 글을 통한 의사소통 방식을 선호, 조용하고 신중한 편이라고 MBTI에 대해서 찾아보면 이렇게 나와 있습니다. 맞는 구석이 제법 많은 것 같아서 저도 모르게 MBTI에 대한 신뢰도가 상승하게 되었던 기억이 있어요. 저는 이렇게 생각하는데 다른 사람들, 지인들에게 보이는 제 모습은 I가 아닌 E 성향이 강하게 느껴지는 것 같아요.

그러다 보니 '왜 그런 걸까?' 하며 혼자 생각해 볼 때도 많습니다. 저는 사람들 많은 곳을 그리 선호하지는 않고 많은 사람과 잘 어울리기보다는 적은 사람들과 오랫동안 깊게 알고 지내는 편인데 오히려 지인들은 제가 사람 많은 곳에서 다양한 사람들과의 대화에 적극적인 모습이라 생각하니 말입니다. 어린 시절, 학창 시절의 저를 돌아보면 학교에서는 너무 밝은 모습으로 다니던 아이가 가까웠습니다. 지금 생각해 보니 '밖에서는 밝게 더 많이 노력한 건 아니었을까?' 하고 저를 직면하는 질문을 던져 봅니다.

조금 엄격한 부모님 밑에서 자랐습니다. 저는 우리 집에서 무언가 해내야 했고 부모님의 기대에 부응하려고 노력하는 장녀였습니다. 동생이 아주 아팠던 특수한 상황이 어쩌면 부담으로 느꼈던 건지도 모르겠습니다. 부모님께서는 조금 엄격했고 표현에 인색하신 편이었어요. 물론 아낌없이 제게 너무나 과분하게 사랑을 주는 부모님인 건 당연하고 말할 필요가 없는 부분이지요. 단지 사랑을 어떻게 표현해야 하는지 잘 모르셨던 것 같습니다.

그 시절 부모님들이 대부분 그러하시듯이 지금의 엄마 아빠처럼 육아부터 교육까지 다양한 정보가 많았던 것도 아니고 그때는 더더욱 지금과 같이 부모들을 다독거려주는 시선과 이야기들이 많은 모습은 더더욱 아니었지요. 제게 '당연히'라는 단어로 합리화했던 것들도 많았던 것 같아요. "당연히 해야지", "그 정도는 당연한 거지" 같은 말들로 저 스스로 가두었던 건 지금처럼 부모님들의 마음, 그리고 아이들의 마음을 좀 더 헤아리고 보듬고 표현하는 방법을 잘 몰랐던 시절이기도 했기에 표현에 인색하신 그 부분이 그때의 저에게는 엄격함으로 다가왔습니다. 그런 부담을 티 내고 싶지 않았던 걸까요? 어쩌면 가슴 한쪽에 억눌렸던 자그마한 마음의 조각들이 들킬까 봐 밖에서는 더 활달하게 지내려고 부단히 노력했었던 것 같아요.

　아픈 동생이 있었던 저는 조금은 특별한 상황이었던 부분도 있었기에 동생의 몫까지 무엇이든 좀 더 열심히 해야 했었고 부모님의 기대도 컸던지라 그 무게감을 티 내고 싶지 않았고 잘해야만 한다는 부담감이 저도 모르게 제가 가지고 있는 에너지보다 더 큰 에너지를 쏟으려 했던 것 같습니다. 그리고 제가 조금은 부모님의 마음을 알아 드려야 한다는 모든 장녀, 장남이 가지고 있는 보이지 않는 책임감도 한몫했겠지요. 여러 가지 이유로 내가 나를 표현하는 것, 더욱 진솔하게 이야기하면 솔직하게 감정을 표현하고 나 자신을 드러내는 부분에서 아주 인색했던 옛 기억을 더듬으며 생각해 보게 됩니다.

나를 알아가고 찾아가기

저는 지금도 '나'에 대해서 백 퍼센트 다 알지는 못합니다. 무엇을 좋아하는지, 무엇을 하고 싶어 하는지, 어떨 때 행복한지, 즐거운지, 기쁜지 특히 감정에 대한 부분을 생각할 때는 그 감정의 표현을 구체적으로 하기가 어려울 때가 많음을 느낍니다. '이성적이고 이렇게까지 현실적인가?' 싶을 때가 있습니다. 그러나, 이상하게도 상대방의 감정을 곧잘 잘 알아차리는 건 왜일까요? 상대방의 표정, 말투, 손짓 하나에서부터 느껴지고 전달되는 감정들을 너무나 잘 잡는 편에 속합니다. 카톡이나 문자에서도 상대방이 전달하는 메시지를 보면서 그 메시지의 표현에 그 사람의 감정, 표정을 읽는 경우가 많고 나 혼자만의 생각이라기엔 무섭게 잘 맞는 경험을 자주 했기에 '뭐지? 이건?'하며 '내가 참 예민한가 보다.'라고 생각하고 때론 자책하며 그 예민함을 드러내지 않기 위해 노력한 적도 많았던 기억이 납니다.

최근에 기회가 되어 '강점 코칭'이라는 걸 한 적이 있습니다. 자신이 가지고 있는 많은 부분 중 강점, 즉 말 그대로 나에게 강한 점, 다른 사람보다는 특화된 부분을 알게 되는 테스트 유형 중 하나이지요. 제가 가지고 있는 강점 중 TOP 5

는 공감, 최상위, 배움, 성취, 절친이었는데 그중 가장 높은 부분은 '공감 테마'와 '최상위 테마'였습니다.

공감은 다른 사람의 생각과 감정을 이해하는 재능이라 하네요. 다른 사람들의 감정을 소중하게 여기며 역지사지의 마음을 중요하게 생각하는 사려와 사람들이 편안하게 관계를 맺을 수 있도록 잘 도울 수 있는 재능을 가졌다 합니다. 그래서 저보다 다른 사람들의 마음과 감정을 내 것보다 훨씬 빨리 알아차릴 수 있었던 것이었을까요? 저는 이 부분을 지금까지 '공감'이라고 받아들이기보다 '예민'이라는 단어가 가깝다고 생각했어요. 그런데 강점 코칭 이후 조금은 마음이 한결 가벼워지는 마음이 들었습니다.

'최상위 테마'는 우수한 수준을 최상의 수준으로 끌어올리는 것을 추구하는 것, 즉 'Good to Great'를 뜻하는 테마라고 합니다. 최상화가 강점인 사람은 단점을 극복하여 애쓰는 대신 재능을 활용하는 것을 선호하고 나뿐만 아니라 타인의 탁월성을 끌어내는 일도 잘한다고 적혀 있었습니다. 그러고 보니 제가 아이들을 가르치고 그 아이들의 장점에 초점을 맞추는 것 또한 이런 강점 때문에 가능했다는 생각이 드네요.

'공감 테마'와 '최상위 테마' 모두 '어쩌면 미세한 부분을 놓치지 않는 것에서 시작하는 게 아닐까' 하는 생각이 들었습니다. 제게 그리 좋은 달란트가 아니라는 생각을 했었는데 이제는 저의 강점으로 여기고 자신감을 가져야겠어요.

나답다 = 아름답다

요즘 책이나 TV에서 '나를 알아가기' 혹은 '나다움'에 대한 이야기나 정보를 접할 기회가 아주 많지요. 이런 계기로 요즘 들어 다른 사람들보다 '나'에 대해서 좀 더 고민하고 생각하게 되는 순간들을 자주 접합니다. '나다움을 표현할 수 있는 건 뭘까?', '나다운 삶은 무엇일까?'와 같은 물음표를 자꾸 던지며 잠시 머물러 고민해 보는 시간도 갖게 되어 나를 돌아보고 미래의 나를 종종 상상해 볼 수 있었어요.

이런 시간을 자주 갖다 보니 맘속 깊은 곳의 나를 만나게 되는 경험을 가끔 합니다. 웅크려 있는 맘 깊은 곳의 저와 마주하는 시간은 그리 반갑지만은 않습니다. 저 자신에게는 인색했고, 제 맘을 돌보지 않았던 적이 많았고, 오히려 편하다는 이유로 가장 가까운 이들, 짝꿍이나 아이들에게 나조차 잘 알지 못하는 감정들을 막 쏟아냈던 기억들도 있어 부끄러웠습니다.

'갱년기'여서 그러는 거라고 괜스레 핑계 아닌 핑계를 댔던 저를 발견합니다. 표현에 익숙하지 않은 제가 짝꿍 덕분에 예전의 저보다 일취월장한 모습이지만 강력한 사춘기 터

널을 지나며 이런저런 나의 모습들과 직면하는 요즘입니다. 남을 배려하는 마음을 먼저 생각하는 나, 공감 능력이 뛰어난 나, 내 감정표현에 서툰 나, 이런 여러 가지 저의 모습을 한 발짝 멀리서 바라보며 용기 낸 지금의 글쓰기는 얼굴에 묻은 얼룩을 하나둘씩 지워내고 있는 것과 같습니다. 아주 천천히…

유명한 어느 교수님께서 이런 말씀을 하시는 걸 우연히 TV 프로그램을 통해서 들었습니다.

'나다운 것, 그것은 아름답다는 것이랍니다.'라는 말인데요. '아름답다'에서 '아름'은 '나'를 뜻하는 말이라네요. 좋은 모습만 보여 주어야 한다고 애썼던 시절, 그것만이 제 모습은 아닌데 그게 다인 것처럼 여겼던 것 같아요. 유명한 드라마 '낭만닥터 김사부'에서 '남의 시선이 날 만드는 것이 아니야, 너의 시선이 널 만들어 가는 거야. 그러니까 너 자신을 좀 더 칭찬해 주고 따뜻하게 바라봐 줘.'라고 하는 김사부 님의 대사가 문득 생각나네요. 나답게 살아가는 것, 나에 대해 더 알아가고 이해하면서 나를 찾아가다 보면 나다워지고 아름다워지지 않을까요?

김소연의 글

도전

설레고 용기 있는
작은 꿈들

도전하며 설레다

저의 배움 중 호기심으로 시작했던 것은 언어입니다. 또 다른 도전과 시작의 물꼬를 터주었던 것이 바로 일본어 공부였던 것 같아요. 사실 여행을 너무 좋아하기도 하고 혼자서 또는 결혼 후에는 가족끼리, 부부끼리, 이곳저곳을 다녔습니다. 계획을 세우는 것보다 그곳 여행지에 가서 눈에 보이는 대로, 가보고 싶은 대로 발걸음을 옮기는 그런 자유스러운 여행을 선호하다 보니 부담 없이 언제든 갈 수 있는 일본을 자주 갔습니다.

1년에 8-10회 이상은 일본을 왔다 갔다 하면서 렌터카로 이곳저곳 가보는 것, 거기에 일본 애니메이션 '명탐정 코난'을 좋아하는 저의 영향으로 자연스럽게 가족 모두 일본 애니메이션에 빠져들고 일본 중고 매장을 찾아다니며 서로 좋아하는 피규어를 찾는 재미는 우리 가족여행의 중심이었습니다. 그로 인해 사춘기인 아이들과의 소통도 더 잘 되었고 여행에서 느끼고 보고, 듣고, 만지고, 말하고, 먹는 그 오감이 주는 만족감, 그리고 무엇보다도 언어는 잘하는 것에서부터 출발하는 것이 아니라 말해보고 시도하면서 시작한다는 것을 아이들도 자연스럽게 느껴갔던 것은 덤이지요.

여행하는 즐거움에 한창 빠져 있을 무렵에 일본어로 교육관에 관한 책을 써보고 싶었습니다. 일본과 한국의 교육에 대한 글들을 접해보고 일본어책을 직접 번역해 그 미묘한 차이를 확인해 보고 싶었고, 문화적 복합공간을 만들 때 일본의 독립서점, 문화공간을 함께 공부해서 기획해 보고 싶다는 생각이 덧붙여지다 보니 일본 전문학교에 들어가야겠다는 상상까지 해버렸지요. 그렇다면 가장 중요한 건 일본어를 배워야 한다는 것. 이것이 일본어 시작의 첫 단계였습니다.

일본어를 처음 시작할 때는 상상했던 것과는 달리 엄두가

나지 않아 일상 대화 정도 하도록 하자라며 쉽게 생각하면서 시작했던 것이 1년 반 전의 일입니다. 히라가나, 가타카나 하나 모르던 그때, 일본어라고는 감사합니다(ありがとうございます), 미안합니다(すみません), 정도밖에 모르던 저였습니다. 그러나 언어를 배우는 것에 담을 쌓지는 않았던 것이 다행이면 다행이었지요. 처음 접하는 일본어의 히라가나, 가타카나 외우는 것부터 너무너무 흥미로웠고 무언가 영어가 아닌 다른 외국어를 할 수 있을 거라는 기대감에 일본어 수업은 그래도 바쁜 와중에도 동기부여가 되었습니다. 학생들을 가르치는 제 본업에 주부, 엄마의 역할까지 하면서 다른 무언가를 배우기는 아이들이 커가면서는 좀 더 쉬운 줄 알았는데 오히려 시간이 빠듯했습니다. 그래도 온라인으로 현지 선생님과 수업하면서 여행 이야기 등을 풀어놓으며 좀 더 일본문화 그리고 일본어라는 언어에 빠져들게 되었고 그러다 보니 1년 반 정도의 시간이 흘러갔습니다. 계속 일부러라도 시간을 내어 일본을 더 많이 왔다 갔다 하며 수업 시간에 배웠던 것을 그때그때 사용해 보며 소통이 되는 것을 느끼니 그 성취감은 말로 다할 수 없었습니다.

일본에 살면서 이것저것 배워보고 싶고, 무작정 무언가라도 해 보고 싶었던 저는 그때 마침 아이들 학교 학부모 모임 중 풍물놀이가 있어서 1년여간 장구를 배우고 있던 때였습니다. 그 '풍물놀이를 일본 마쓰리(마을 축제)에서 공연할 수 있으면 좋겠다.'라는 생각이 제 머릿속을 갑자기 스쳐 갔어요. 어쩌면 누군가는 "참 황당한 생각이다." 할 수도 있을 겁니다. 사실 그런 생각을 하면서 저조차도 '설마 정말 될까?' 하는 의심이 없었다면 거짓말이겠지요.

실천은 해봐야겠다는 생각이 들어서 일본에서 자동차를 렌트해서 움직이니 곳곳에 있는 동사무소, 커뮤니티센터에도 들를 수 있었습니다. 한국 풍물놀이를 보여드리고 싶다는 제안을 무작정하기도 했었습니다. 지금 생각해 보면 정말 막무가내이지 않았나 싶네요. 일본어는 처음엔 쉽지만 가면 갈수록 어렵다는 지인들의 말이 실감 났습니다. 일본 현이나 시에 제안서를 온라인으로 제출하려니 말하기와는 다르게 쓰기에 적합한 단어들, 그리고 한자가 섞여 있는 공문서를 쓰는 것이 절대 쉽지 않은 작업이었습니다. 진땀 흘린 적도 있고 여전히 배우는 중이었기 때문에 한계에 부딪힌 적도 많았었지요. 그래도 참 흥미롭고 신선한 저의 작은 도전이었기에 그 마음을 버리지 않을 수 있었습니다.

이런 황당하면서도 막무가내인 실행을 한 지, 대 여섯 달 달, 어느 날 무심코 메일을 확인하는 도중 정말 깜짝 놀랄만한 주소로 메일이 와 있었습니다. 후쿠오카현 무나카타시 농업 마츠리 신청서가 와 있었고 신청서를 보내면 미리 시간을 잡아주겠다는 너무 놀랄만한 소식이었지요. 메일을 본 저는 제 눈을 의심하고 대학교에 합격했을 때만큼 방방 뛰며 좋아했던 기억이 아직도 생생합니다. 저에겐 기적 같은 일이었기 때문입니다. 풍물 놀이팀 중 마츠리에 참여하고 싶은 분들과 함께 열심히 연습도 했습니다. 일본어 선생님께도 조언을 얻어 신청서 작성 후 무나카타시 담당자에게 보내면서 무엇이든지 더 열심히 할 수 있는 불씨가 마음속에서 타올랐습니다. 일본에서 공연할 수 있다는 것, 그리고 안 될 것 같았던 일이 이루어진 것에 너무 뿌듯한 맘이었지요.

상상했던 일들이 현실로 일어나다

작년 11월 농업 마츠리에 참여해서 공연도 무사히 잘 끝내고 떨리는 맘으로 인터뷰도 하게 되었습니다. 그러던 중에 담당자분께서 무나카타시 안에 토고라는 마을 커뮤니티센터에서 〈남녀 공동 참가〉라고 하는 세미나를 하는데 한국과 일본의 문화차이에 대해 한 시간 반 정도 세미나를 준비해 줄 수 있냐는 제안까지 받았습니다. 무언가 홀린 기분이었습니다. 현지인처럼 일본어가 능숙한 것도 아니고 현지에 사는 한국인도 아닌 제가 상상으로 그칠 것 같은 일들이 눈앞에서 일어나니 너무 기쁘면서도 어안이 벙벙했다고 할까요?

그 이후 정말 열심히 연습하고 자료도 만들고 감사한 마음을 전달하고자 선물도 준비하는 과정 하나하나가 힘들기도 했지만, 너무너무 설렘 가득한 과정들이었습니다. 올해 2월, 토고 시 세미나에 참여하게 되었고 50여 분이나 신청을 해주셔서 대회의실이 가득 찬 모습을 보고 그 자리에 서 있던 저 자신이 너무 자랑스러웠습니다. 긴장감에 떨리는 목소리, 아주 능숙하지는 않은 일본어지만 그분들도 제가 열심히 준비했고 함께 즐기고자 하는 마음을 아셨는지 세미나가 끝난 후 "ありがとうございました(감사했습니다.)", "とても上水ですね(일본어 잘하네요.)"하며 응원, 격려도 해주시고 친구가 되고 싶다는 분도 계셔서 SNS 주소도 공유했습니다.

세미나가 끝나고 나니 옷이 다 젖어있더라고요. 수백 명 앞에서 설명회나 간담회를 한 경험이 많은데도 또 다른 긴장감이었던 것 같아요. 그렇게 땀이 흐를 만큼 긴장해 본 경험도 오랜만이어서 그 또한 신선했습니다. 땀이 식으면서 오는 차가움이 내 맘 긴장의 무게감도 덜어주는 것 같았어요. 물론 이 모든 것들이 누군가에게는 작은 일이고, 별일 아닐 수도 있지만 저에게만큼은 어릴 적 놀이동산에서 엄마가 사주신 커다란 풍선 하나가 제 품에 꼭 들어와 있던 그 풍성하고 설레는 제 인생의 소중한 한 컷이기에, 순간순간이 설렜습니다.

정말로 행복한 나날이란 멋지고 놀라운 일이
일어나는 날이 아니라 진주알들이 하나하나
한 줄로 꿰어지듯이, 소박하고 자잘한 기쁨들
이 조용히 이어지는 날들인 것 같아요.

루시 모드 몽고메리, 《빨간 머리 앤》

내가 좋아하는 '빨간 머리 앤'의 한 구절입니다. 하나하나
꿰어지는 진주알들처럼 소박한 기쁨들이 저에게 또 어떤 행
복을 선사할지 기대가 됩니다. 이 계기로 또 어떤 도전을 해
볼지 생각 중이고 이어갈 방법은 무엇인지 고민 중입니다. 물
론 언제 이루어질지도 모르고 가능 여부도 확실치 않지만 '아
무것도 하지 않으면 아무 일도 일어나지 않는다.'라는 말처럼
저를 성장시켜 주는 배움이 커지고 있고 그 안에서 많은 의미
를 발견하고 찾아가며 작은 꿈을 이루며, 그 꿈이 다시 발걸
음을 옮겨 또 다른 꿈으로 계속 이어질 수 있기를 간절히 소
망해 봅니다.

인지심리학자 김경일 교수님 강연 중에 하신 말씀이 생각
이 납니다.

"사람들이 낯선 상황에 들어가야 기존에 있던 생각들에서
벗어납니다. 낯선 것을 하는 이유는 정체되지 않기 위해서,
새로운 생각을 하기 위해서 필요합니다. 이것은 아주 사소한

낯선 것들을 경험하는 순간에 그런 것들의 에너지가 나오는 것이거든요. 내가 자주 가는 길의 옆길, 혹은 자주 가는 곳의 바로 옆 동네, 늘 먹던 음식과 약간 다른 것, 그래서 이런 것들처럼 살짝 다른 것들을 경험하면서 내가 의외로 전혀 다른 것을 하고 완전히 새로운 것을 할 수 있는 에너지를 얻게 되어 있습니다. 우리 인간은 매우 큰 변화는 큰 낯섦을 통해서만 이게 가능하다고 생각하는 경향이 있습니다. 그러나 절대 그렇지 않습니다."

어쩌면 작고 황당한 시작이었을지 모르는 제 작은 도전의 출발점에서 이 말씀이 격려가 많이 되었습니다. 제가 지금 그리고 앞으로 계속 배움의 과정에서 하나하나 작은 낯설음들과 만나면서 가는 그 길이 어쩌면 저를 또 다른 곳으로 인도해 줄 수 있는 지팡이가 되지 않을까 기대하며 오늘도 저의 작은 꿈들을 향해 천천히 걸어갑니다.

김소연의 글

연(緣)

서로 관계를 맺게 되는
인연

평생 혼자 살 것이 아니라면, 혼자 살아간다 해도 여전히 이어져가는 것 중 하나가 관계가 아닌가 하는 생각을 합니다. 제가 하는 일과의 관계, 직장 사람들과의 관계, 사회와의 관계, 떼어놓을 수 없는 가족과의 관계 등 거미줄처럼 촘촘하게 짜인 그물망 안에서 우리는 자의든, 타의든 관계를 맺고 살아가고 있지요. 코로나 이후 '관계'라는 단어가 더 멀게 느껴지고 어렵게 느껴지는 건 저 혼자만의 생각일까요?

이 세상에서 가장 어려운 것을 꼽으라면 전 관계를 선택할 것 같습니다. 관계(關係)를 사전에서 찾아보면 '둘 이상의 사람, 사물, 현상 따위가 서로 관련을 맺거나 관련이 있음'이라고 나옵니다. 전 특히 '맺는다'라는 말에 눈이 갔습니다. 맺는다는 건 열매나 꽃망울 따위가 생겨나거나 '그것을 이루다'라는 의미가 있으니 서로 무언가를 이룰 수 있는 그런 사이라 정의 내릴 수 있을 겁니다.

사람들이 살아가는 사회에서, 작게는 우리 자신의 삶에서 관계는 매우 중요하지만 그만큼 어려워하기도 하지요. 나 아닌 다른 사람들과 함께 소통하고 이야기하며 앞으로도 쭉 나와 함께 짝이 되어 갈 수 있는 관계는 어느 정도일지 갑자기 스스로에게 질문을 던져 봅니다. 또 이런 질문을 각자 자신에게 던져본다면 어떤 회신이 올지도 궁금해지네요. 상대방에게 제가 하고 싶은 말을 전하고 싶다가도 '혹시 내가 표현을 잘하지 못해서 오해하면 어떡하지?', '내가 이런 말을 해서 상처받을까?' 이런 물음표가 머릿속에 가득할 때면 상대방에게 온전히 제가 하고 싶은 말을 제대로 전하고 있는지가 갸우뚱해질 경우가 많은 요즘입니다.

맹꽁이 숨 불리기

관계가 그리 쉽지 않았던 저는 많은 사람을 알기보다 적지만 깊게 아는 것을 선호합니다. 많은 사람을 넓게 두루두루 안다는 것이 부담으로 다가왔고, 그 모든 사람을 다 챙겨야 한다는 약간의 강박 비슷한 마음도 있었던 듯합니다. 저를 아는 모든 이들에게 사랑과 인정을 받고 싶어 했던 것 같아요. 더 솔직히 이야기하면 그래야 한다고 생각했습니다. 그래서 더더욱 힘들었던 건 아닌가 싶어요. 저에 대한 많은 부분 중에서 이런 자그마한 부분을 발견하는 데까지도 참 오랜 시간이 걸렸네요. 자신을 이해하기 위해서 제 감정을 하나하나 헤아려보는 시간이 필요했을 텐데 그런 시간조차 쓰지 않았던 것 같아서 뒤늦게 하나하나 살펴보고 있는 저에게 미안함이 파도처럼 밀려옵니다. 제가 슬프면 슬픈 것이고 제가 좋으면 좋은 것인데 너무 상대방의 눈치를 보고 상대방에게 맞추려고 했던 제가 부끄럽고 안쓰러웠습니다. 이런 저 자신을 인정하기도 절대 쉽지만은 않은 일이었지요.

처음 보는 사람과 이야기를 이어 나가는 것이 쉽지 않고 힘들 때가 있습니다. 왠지 주눅이 든 채 이야기하게 되어 그런 저 자신이 싫고 악순환이 반복되는 경우 말이죠. 제가 무언가를 잘못한 것도 아닌데 주눅 든 제 모습을 눈치챘을 때 참 그것을 받아들이기도 쉽지는 않더군요. 인간관계를 맺음에 있어 예민한 사람이어서일지도 모르겠지만 관계를 이어 간다는 것이 저에게는 녹록지 않은 일입니다. 그나마 다행이다 싶었던 건 저만 이런 생각을 하는 것이 아니라는 걸 알았을 때입니다.

어느 교수님의 강연을 들으러 갔었는데 제가 질문하는 것과 같이 느껴질 만큼 저와 비슷한 질문을 하시는 분이 계셨는데 그때 저도 모르게 '후유~'하면서 안도의 한숨을 내쉬고 있는 저를 발견하게 되었습니다. 교수님은 이렇게 말씀하시더라고요. "대련이 아니잖아요, 제가 보기에 좋은 스피치는 유도나 택견 같은 느낌이 듭니다. 저 사람이 강(함)으로 나올 때 내가 옆으로 살짝 트는 건 있을 수 있지, 저 사람이 강(함)으로 나오니까 나는 더 강하게 나올 거야. 이렇게 하면 난 더 강하지 않으니, 맹꽁이처럼 숨을 불려서 더 크고 강하게 상대를 위압해야 하거든요. 그러는 순간 무게 중심이 흔들리고 뇌로 산소가 공급이 전달되지 않으면서 속임수처럼 되는 거거든요."라고 말이죠. 어쩌면 '맹꽁이처럼 없는 숨까지 불려서 더 크게, 강하게 버티고 있어서 더 힘들었을까?'라며 저를 다독거렸던 기억이 스쳐 갑니다.

서로의 궤도 지키기

제 주변 그물처럼 엮인 관계 속에서 바둥거리면서 힘겨워했었을 모습, 그 그물망 안에서 더 촘촘히 이어져 오는 관계의 풍성함을 경험해 봤던 모습, 과거이든 현재이든 모두 제 모습이겠지요. 이런저런 모습들이 있었기에 때로는 안타까워하기도 하고 반성하기도 하고 스스로 토닥토닥 격려하면서 나이가 들어가고 있지 않나 싶습니다.

너무 멀리서 찾지 말고 가장 가까이에 있는 가족 또한 그 관계에서 무엇이 중요하고 어떻게 해야 더 풍성하고 따스하게 이어져 갈 수 있을까 생각해 본 적이 있었습니다. 부부관계, 부모, 자녀 관계, 넓게는 인간관계 모두 가장 가까운 관계일수록 중요한 건 '사랑'이랑 생각했고 확신했습니다. 결혼 관계, 인간관계에서 가장 중요한 건 사랑이 아니라는 생각이 굳어져 가고 있어요. '사랑'보다도 '예의'가 제일 중요한 것 같아요.'라고 하는 김창옥 교수님의 강연을 듣기 전까지는 말입니다. 사랑은 자기 자신이 느끼는 감정인 반면 '예의'는 상대가 느끼는 감정이라고 합니다. "내가 널 사랑하는데 왜 넌?", "내가 사랑하니까 그러는 거야." 때론 사랑을 방패 삼아 했던 말과 행동들이 상대방에게는 그렇지 않을 수도 있을 거라는 생각을 그전에는 하지 못했었는데 교수님 말씀을 되새기다 보니 고개가 절로 끄덕여졌습니다.

저마다 우린 각기 다른 행성들이기 때문에 같을 수가 없고 저마다의 고유한 에너지를 가지고 자기의 위치가 있어 서로 자신의 자리에서 자전하고 그 궤도를 지키며 공전해야 하는

지도 모릅니다. 너무 가까워지면 서로 부딪힐 수 있어 위험할 수 있고 너무 멀면 서로의 인력이 약해 적정한 궤도를 유지하지 못하니 적정한 거리 또한 필요할 것 같아요. 제가 평생 함께 이어가고 싶은 관계는 적정한 거리를 두고 서로 예의를 지키며 오래 그 관계를 유지하는 것, 그러면서도 나 자신을 잃지 않는 것, 앞으로 만날 누군가, 그리고 지금까지 잘 지켜온 누군가와의 맺음입니다. 이것이 앞으로 살아갈 길의 에너지가 되겠지요?

김소연의 글

감사

감사하는 마음으로
꾸미는 삶

　소심하고 걱정이 많고 상대방의 한마디 한마디를 신경 쓰는 내면의 저와는 달리 사람들과 있을 때는 참 적극적이고 밝고 활발합니다. 제 모든 모습을 다 보여 줄 수 없는 것도 있었지만 보이는 그런 밝은 모습 안에는 사실 소심이와 걱정이가 있지요. 아무 일 없는데도 미리 걱정이는 튀어나와 제 머리를 흔들어 놓을 때가 있습니다. '이렇게 되면 어떡하지?', '안 되는 거 같은데' 등 부정적인 생각이 자리 잡아 그 순간도 잘 즐기지 못했던 기억도 있습니다. 미리 걱정하고 자꾸 되뇌고 아무래도 가장 가깝고 편한 가족들에게 토로하니 그걸 받아주는 가족들은 그때마다 지쳤을 수도 있겠다 싶어 미안하기도 하고 민망해서 얼굴이 화끈거리기도 하네요.

감사 일기가 가지고 온 변화

지인의 추천으로 '감사 일기 쓰기'라는 걸 한번 써봐야겠다고 생각하고 그리 어려운 일도 아닐 것 같아서 감사 일기 쓰는 노트부터 후다닥 샀습니다. 그런데 이게 웬일인가요? 하루에 세 가지 감사한 것을 쓰는 것이기 때문에 쉬울 것으로 생각했던 건 저의 착각이었습니다. '뭘 쓰지?', '오늘 감사한 일?', '이것도 감사할 일인가?' 하며 감사 일기 노트까지 사서 실천해 봐야겠다는 첫 다짐은 첫 장부터 헤맸습니다.

하루에 세 가지 감사를 쓰라고 하니 무언가 대단한 것을 써야 한다는 편견도 있었던 것 같습니다. 처음 시작할 때는 정말 머리를 쥐어짜서 한두 개 쓰기도 어려웠다는 걸 부끄럽지만 고백합니다. 아침 일찍 일어날 수 있음에, 아이들이 학교에 잘 다녀온 것에, 출근길 길이 막히지 않았음에, 서로 시간이 맞아 저녁을 다 같이 먹을 수 있음에…. 소소하고 사소한 일상 하나하나가 저에게 감사한 일이었음을 그전에는 잘 몰랐습니다. 감사 일기를 쓰면서 당연하다고 생각했었는데 그 모든 일상의 하나하나가 감사할 일이라는 걸 조금씩 알게 되니 한 달, 두 달 이렇게 조금씩 써 내려가는 감사 일기가 일상을 바라보는 나의 시선을 바꾸어 놓는 계기가 되었다고 해도 과언이 아닙니다.

감사(感謝; 느낄 감, 사례할 사)로 구성되어있는 이 말은 고마움을 나타내는 인사 또는 고맙게 여기는 마음이라고 사전에 쓰여 있습니다. 영어로 'thank'는 '감사함을 전하다'라는 뜻을 지닌 고대 영어 'Pancian'에서 어원이 뿌리를 찾을 수 있고 그 'pan'은 '생각하다'라는 뜻을 지닌 생각(Think)의 어원에서 파생된 것이라 합니다. 어쩌면 그래서 깊이 생각하면 감사가 나올 수밖에 없는 것인지도 모르겠습니다.

요즘 일본어에 푹 빠져 있어서 일본어로 'ありがとうございます(아리가토우고자이마스)'의 'ありがとう'는 원래 불교 용어 중 '有り難し(아리가타시)' 즉 '존재한다는 건 어렵다, 쉽지 않다.'의 뜻이라고 합니다. '좀처럼 없는 귀한 것, 소중한 것'의 의미라고 하니 감사의 의미는 제가 생각했던 것보다 훨씬 깊은 의미가 있는 말이고 색도 맛도 진한 에스프레소 같습니다. 감사할 수 있다는 건 다른 것과는 대체할 수 없는 가치를 가지는 것, 때로는 사랑을 표현할 수 있는 말이기도 하고 추억을 되뇌며 소중함을 이야기할 수 있는 말이기도 하고 때로 어렵고 힘들 때 든든하게 버팀목이 되어 줄 수 있

는 말인 듯합니다. 감사하는 이런 하루하루가 모여 저의 깊고 소중한 삶의 이야기를 만들어 가는 게 아닐까요?

감사하며 살아갈 삶

감사 일기를 쓰면서 가장 눈에 띄게 변화한 건 작은 일에도 감사할 수 있고 소소한 일상을 다른 각도로 바라볼 수 있는 시선입니다. 누군가와 비교하며 일부러 제 삶을 급감시키는 것이 아닌 '나만의' 삶을 위해 앞으로 늘 간직해야 하는 마음이 감사입니다. 매일 행복하진 않지만, 행복한 일은 매일 있으니 하루하루 그 순간을 찾는 것도 감사입니다.

코로나가 시작되면서 일상에 감사하는 맘은 저절로 생겨나지 않았나 싶네요. 늘 당연하게 생각했던 것들을 할 수 없음을 현실적으로 느꼈을 때, 그때 아마 많은 이들이 일상의 소중함을 느꼈다는 이야기를 여기저기서 들었습니다. 이제 코로나가 끝나고 다시 예전의 일상으로 거의 돌아오니 또다시 그 소중함을 잊고 사는 건 아닌지 다시 한번 생각할 수 있는 시간이 있다면 좋겠습니다.

사람뿐만이 아니라 내 주위에 있는 모든 것들을 당연한 것이 아닌 소중한 것으로 생각하며 하루하루 시간을 보내는 의미 있는 삶으로 색을 칠하고 싶습니다. 소소한 일상에 감사하는 마음은 힘을 주고 살았던 지금까지의 저를 조금은 내려놓고 숨을 쉴 수 있게 여유를 가질 수 있도록 하는 틈이지 않을까요? '너무 빡빡하지 않아도 돼. 너무 완벽하지 않아도 돼.'라며 저를 다독이며 순간순간을 소중하게 여기는 마음을 안고 살아가는 것이 제 삶을 좀 더 풍요롭고 따스하게 물들이며 살아가는 길일 것입니다.

지금도 엉성하고 틈이 많이 보이지만 저의 이야기를 써 내려가며, 내보이지 못했던 과거의 나를 위로할 수 있는 시간으로 한 자 한 자 글쓰기를 도전해 볼 수 있는 이 순간이 감사할 뿐입니다.

· 오 : 오늘도 나의 소소한 일상을 마음속에

　　감사한 마음으로 저장합니다.

· 늘 : 늘어질뻔한 순간순간들이지만

　　부족하나마 글쓰기를 하면서

　　그 많은 빈틈을 조금씩 채워갈 수 있었습니다.

· 도 : 도망 가지 않고,

　　피하지 않고 그 자리에 서서

　　때로는 직면하고

　　때로는 받아들이는 연습을 하게 된

　　고마운 경험이었습니다.

· 감 : 감사하는 마음으로

　　일상을 살아가는 분들의 이야기를 통해

　　배움의 깊이가 달라지고

　　그로 인해 나를 다시 한번

　　돌아보게 된 계기였습니다.

· 사 : 사이사이 메꿔지는

　　나의 하루를 만나게 되어

　　오늘도 마음 다해

　　감사의 마음을 전해 봅니다.

김소연의 글

나

마음이
이끄는 대로

'합격'

2010년, 중등 임용시험에 합격하자마자 농어촌 지역의 한 소규모 중학교로 발령이 났다. 마음 여리고 어리바리한, 아직 세상물정 하나 모르는 스물다섯의 나는 혹독한 사회생활의 신고식을 치렀다. 단순히 아이들을 가르치고 싶어 교사가 되었지만, 학교라는 공간은 가르치는 일로 끝나는 곳이 아니었다. 합격하자마자 뭐가 뭔지 모를 업무들이 들이닥쳤고 시골 아이들의 텃세에 나는 거의 잡아먹힐 듯했다. 물렁물렁하고 나약한 나에게는 좀 버거웠다. 쉬는 시간 화장실에서 몰래 눈물을 훔치며, '사회는 이런 곳이구나.'를 깨달았다. 햇빛만 따사롭게 받아왔던 내 인생이 우산 없이 처량하게 비를 맞는 모습으로 변한 순간이었다. 아빠 생각이 났다. '이렇게 힘들게 돈을 벌어다 주신 거였구나.' 수십 년을 한 직장에서 그만두지 않으시고 열심히 살아오신 아버지에 대한 존경심이 진심으로 생겨났다.

정신이 번쩍 들며 나는 '이걸 그만둬야 하나, 계속 해야 하나.' 고민이 들기 시작했다. 그렇지만 고민은 고민으로 끝났다. 내가 어떻게 이 시험을 통과했는데, 아까워서 그만둘 수 있나. 다신 책을 만지기도, 보기도 싫을 만큼의 공부, 노량진에서의 눈물 섞인 고시원 생활, 눈을 뜨고 자기 전까지 자습실 생활, 밥 먹을 때조차 암기 수첩을 손에 놓지 못했던 나였다. 그 생활이 힘들었던 것보다 사실 불안함이 가장 컸다. 합격에 대한 확신이 없는 미래에 대한 불안, 아마도 모든 2,30대들이 느낄 그 불안함 말이다. 교사를 그만두면 다시 그 불안의 수렁으로 들어갈 게 뻔했다. '그만두고 내가 할 수 있는게 갑자기 뭐가 있어. 시간이 흐르고 경력이 쌓이면 베테랑 교사가 되겠지.' 그렇게 결론짓고 버티기로 했다.

14년이 흘렀다. 나는 베테랑이 되지는 못한 것 같다. 세차

게 내린 비는 그쳤지만, 흐린 날들이 계속되었다. 아직도 매년 떨리고 두렵다. 계속 상처도 받는다. 걱정 많고 내향적인 나의 성향에는 많은 사람을 상대해야 하는 이 직업이 에너지가 너무 많이 소모되어 일상을 활기 있게 지내기가 힘들었다. 비율로 따지면 힘든 것보다 뿌듯하고 즐거운 일이 더 많았을 수도 있다. 그런데 그 적은 비율의 힘든 일이 나에게 알게 모르게 스몰 트라우마로 남았나 보다. 전화가 울리면 심장부터 떨린다. 또 나는 어떤 죄인이 되어있을까.

살아내기 위한 방법을 찾은 끝에 글쓰기의 여정이 시작되었다. 지극히 평범한 사람인 나의 이야기를 적어본다. 누구나가 겪었을 경험과 느꼈을 감정일지도 모르지만, 나의 가슴을 거친 이야기들이 손끝으로 나와 나의 언어로 구성된 문장들로 만난다. 상처를 치유하기 위해 가까운 사람에게 터놓기도 했다. 나의 전부를 이해해 줄 순 없었다. 나의 삶과 다르기에 당연한 것을, 이제는 알지만, 그때는 그것마저 서운했다. '왜 몰라줄까. 왜 내가 듣고 싶은 말을 해주지 않는 거지?' 다른 사람을 통한 위로에서는 한계를 느꼈다. 이제는 글쓰기를 통해 나 스스로를 위로한다.

결국 나를 가장 잘 아는 사람도, 나를 가장 사랑해 줄 사람도, 나를 가장 잘 위로해 줄 수 있는 사람도 바로 '나'라는 생각이 들었다. 그러니 나에 대해 더 제대로 알고 진정으로 원하는 것을 추구해야겠다는 결심이 선다. 평생 나와 함께 할 사람은 바로 나 자신이기에. 내가 내 자신의 반려자이다.

'나'는 '나'와 매일 24시간, 태어나서 죽을 때까지 가장 많이 대화하고 함께 지내는 한 몸이다. 그렇기에 나에 대한 이해가 필요하고 내 마음속 이야기에 귀를 기울여야 한다. 직업을 가진 후로 이런 과정이 나에게 빠져있었다. 그저 하루하루를 무사히 보내는 것만으로 벅찼나 보다. 그렇지만 내면에 귀 기울이지 못했던 그 시기의 나는 본질이 없는, 심하게 말하면 껍데기만 살아 움직였었다.

이제는 나 자신에 집중해서 내가 진정으로 추구하고 싶은 삶이 무엇인지, 뭘 원하는지, 뭘 하고 싶은지 스스로 묻고 답한다. 이 과정에서 몇 가지를 깨닫고 마음속에 소중히 담아둔 것들이 있다. 나는 가장 먼저 내 마음속 괴로움이 어디서부터 찾아오는지를 탐색했다. 우리를 힘들게 만드는 괴로운 고통은 삶에 당연히 찾아오지만, 그것의 근본적인 이유를 알아낸다면 대처할 수 있을 거라 생각했기 때문이다. 내가 괴로웠던 이유는 현재 나의 모습과 내가 바라는 모습이 일치하지 않는 데서 오는 경우가 많았다. 내가 바라는 나의 모습은 결점 없는 완벽한 사람이었다. 그러나 그렇게 되는 것이 가능할 리가 없다. 잘난 부분은 잘난 대로, 못난 부분은 못난 대로 나의 모습을 인정하기로 했다. 이 세상의 모든 사람은 각자 자신만의 고유한 개성을 지니고 있고 모두가 다르기에 가치 있고 소중하다. 세상에서 오직 하나뿐인 나의 모습을 있는 그대로 받아들이는 것, 그것이 시작이었다. 그러다 보니 억지로 나 자신을 꾸미거나 남의 시선을 의식하는 것에서 자유로워졌다.

다음으로 내가 좋아하는 것은 무엇인지 탐색했다. 시간 가는 줄 모르고 몰입하는 것이 무엇일까. 그동안 시도해 보지도 않았기에 알 수 없었다. 나는 새로운 것들을 도전해 보기로 했다. 처음으로 독서 모임과 글쓰기 모임에도 들어가 보고, 여러 강의도 들어봤다. 공방에 다니며 가죽가방 만들기도 해보았다. 집에는 TV를 없애고 종이신문을 구독하기 시작했다. 이전과 다른 환경을 조성해 보고 해보지 않은 활동들을 해 보았다. 새로운 도전은 인생에 활력과 설렘을 주었다. 예전 같았으면 반복되는 일상이 지루했다면, 이제는 새로움으로 하나둘씩 채워지며 아침에 눈을 뜬 순간부터 하루를 기대하게 되었다. 다양한 시도를 통해 나는 독서와 글쓰기에 매력을 느낀다는 걸 알게 되었다.

있는 그대로의 나의 모습을 인정하고 받아들이고, 내면에 귀 기울여 진정 원하는 것이 무엇인지 찾아보는 이런 과정들은 육아휴직으로 보냈던 2년 동안 벌어진 일들이다. 교직 생활에 지친 나는 둘째 출산 후 가졌던 육아휴직 기간에 무엇이든 도전해 보며 힐링과 새로운 진로 탐색도 해보리라 강하게 마음먹었었다. 그 계획대로 여러 가지를 해보았고 결론적으로 나의 마음을 더 잘 알게 된 것은 물론 더욱 단단해진 마음으로 복직에 대한 두려움이 자신감으로 변화해 나가는 것을 느꼈다. 그리고 앞으로 살아갈 삶의 방향 설정도 새롭게 해나가고 있다.

이 글을 읽는 당신도 애써 다른 누군가가 되기 위해 괴로워하지 말았으면 좋겠다. 지금으로도 당신은 충분하다. 있는 그대로의 모습을 인정하고 사랑해 주어도 된다. 이렇게 괴로워하고 있다는 자체가 더 성장하려고 하는 마음이 있다는 증거이다. 당신의 마음에 귀 기울여 어떤 메시지를 놓치고 있진 않은지, 진짜 원하는 무언가를 나중으로 미루거나 가볍게 무시해 버리진 않았는지 잘 생각해 보는 기회를 가졌으면 좋겠다.

요즘 '나다움'에 대한 이야기들이 계속 많이 나온다. '나에 대해 알아가는 거 중요하겠지~' 이렇게 단순히 생각으로만 그치는 것과 실제로 내면을 깊게 파고들어 몰랐던 자기 모습을 깨달은 것은 분명 엄청난 차이가 있을 것이다.

헤르만 헤세, 《데미안》의 한 부분으로 이 글을 마무리하고 싶다.

> 그저 스스로에 대해 곰곰이 성찰해서, 네 본질에서 진정 원하는 대로 행동해야 해. 다른 방법은 없어. 네 스스로의 힘으로 자기를 찾을 수 없다면 넌 어떤 마음도 발견해 낼 수 없으리라는 건 확실해.

김진희의 글

남편

성향도, 취향도 반대지만
잘 살고 있습니다

"내가 관상을 좀 볼 줄 아는데, 남편 복이 있을 얼굴이네."

십 년도 더 전인 것 같다. 아직 결혼 전이었다. 나를 보고 어느 한 사람이 한 말이 아직도 내 귓가에 생생히 기억에 남는다. 잘 아는 사람도 아니고 오다가다 몇 번 본 정도의 사람이다. 진짜 관상을 볼 줄 알고 한 말인지, 그저 듣기 좋으라고 한 소리인지 모르겠다. 사실 신빙성이 그렇게 큰 말도 아니었음에도 그날 이후 그 말은 잊혀 지지 않았고, 나에게 어떤 신념처럼 자리 잡아 두고두고 떠올리는 말이 되었다.

벚꽃이 아름답게 흩날리는 어느 봄날, 벚꽃같이 예쁜 20대 후반의 나이에 그와의 첫 만남이 이루어졌다. 바로 지금 나의 남편이다. 친구 소개로 만나게 되었다. 조금 특이할지 모르겠지만, 처음 만난 날 우리는 재즈 공연을 함께 봤다. 그의 첫인상이 좋았던 탓인지 공연에 등장한 가수 박정현의 목소리가 달게만 느껴졌다. 대화는 술술 잘 풀렸다. 두 청춘 남녀의 만남과 봄기운이 어우러져 설렘은 어느새 솜사탕처럼 달콤해졌다. 만남을 끝내고 집에 돌아가는 길은 구름 위를 걷는 것처럼 발걸음이 가벼워 둥둥거렸다.

몇 번 만나지 않고도 나는 그가 좋은 사람이라는 확신이 생겼다. 솔직하게 키와 외모의 예선은 이미 통과되었고, 상대를 배려하는 건 기본, 대화를 능숙하게 잘 이끌었으며 틀에 박히지 않은 데이트로 신선함을 주었다. '바람둥이가 아닌가?'라는 생각도 잠깐 들었지만, 다행히 그건 아니었다. 나는 나의 감을 믿었다. 여자라는 자존심 따위 버리고 인생 최대의 강력한 추진력으로 결혼을 이끌었다. 지금 돌이켜보면 그 당시 내가 뭘 믿고 그렇게 결혼을 추진한 건지 무모했다는 생각이 들지만, 지금의 결과로 보면 그 선택은 잘한 결정이었다. 결혼 후 '남편 잘 골랐네.', '신랑 사람이 참 좋더라.' 이런 이야기를 주변에서 종종 듣는다. 관상을 볼 줄 안다는 그분의 말이 예언처럼 맞아떨어진 건지, 신기함을 느끼며 자꾸 생각 났다.

이제 결혼 10년 차. 연애 때는 주변에서 '어떻게 한 번도 안 싸울 수가 있어?'라는 소리를 들으며 환상의 궁합을 자랑했다. 그래서 전혀 몰랐다. 이렇게나 우리가 서로 다른 사람이라는 걸. 달콤한 연애에 가려져 있던 서로 다른 생활 패턴, 취향, 성향에 아직도 매일 놀라는 중이다.

헤어지지 않는다면 배우자는 죽기 전까지 어떻게든 서로 얽히고설킬 존재이다. 그렇기에 배우자를 선택하는 것은 인생에서 정말 큰 결정의 순간이다. 여러 조건을 따져 정말 신중하게 선택했다고 해도, 연애 기간이 아주 길었다고 해도 진짜로 살아보고 겪어보기 전까진, 그러니까 뚜껑을 열어보기 전까진 이 사람과 얼마나 잘 맞을지 확신할 수 없다. 그래서 결혼에는 운이 좀 작용하는 것 같다. 탄탄하게 잘 다져온 인생이 결혼 하나로 진흙 길로 빠질 수도 있고, 흙탕물이었던 인생이 잘 만난 배우자로 인해 꽃길이 될 수도 있기에.

나와 너무 다른 성향의 남편을 이해할 수 있었던 계기는 MBTI였다. 나의 MBTI는 ISFJ, 남편은 ENTJ이다. 조직적이고 체계적으로 행동하는 경향을 나타내는 마지막 J만 일치하는 데, 이것도 각자 초점을 두는 분야가 다르다. 결국 남편과 나는 성향이 거의 반대라는 거다. 특히 F와 T의 차이 때문인지 우리의 대화는 평행선일 때가 많다. 서로 원하는 반응의 반대로 행한다. 이를테면 가장 대표적인 사례인데, 내가 힘든 상황에 부닥쳤을 때 남편의 위로 방식이다. 나는 그저 '공감'으로 위로해 주길 바라지만 남편은 '해결책'을 제시한다. 나는 남편에게 "내 고민의 해결책은 내가 제일 잘 알아. 내가 원하는 건 해결책이 아니야. 위로라고! 차라리 아무 말도 하지 말고 그냥 토닥여주거나 따뜻하게 안아주기만 해."라고도 했다. 남편은 그 말을 듣고 그렇게 하려 노력은 해보았지만, 그의 입이 근질거리는 게 나의 눈에 보였다. 시키는 대로 하는 행동이어서 그런지 진정성이 느껴지지 않았다.

그런데 나도 마찬가지다. 내가 그를 위해 고쳐야 할 행동도 쉽게 바뀌지 않는다. 결혼 초반에는 내가 맞고 그가 틀렸다는 생각이 자꾸 들었다. 그런데 유행하는 MBTI를 통해 '세상에는 다양한 유형의 사람들이 있구나. 무조건 나와 같은 생각과 행동을 하는 것은 아니구나.'를 깨닫게 되었다. 누구 한 명이 '잘못'한 것이 아니라 '다르다'는 것을 인정하게 된 것이다. 또한 거의 삼십 년간 각자의 성향으로, 관성대로 살아온 것이 단 몇 년 사이에 쉽게 고쳐질 수 없음을 깨끗하게 인정했다.

I와 E의 차이도 커서 나는 집에서 쉬는 걸 선호하지만 남

편은 밖으로 나가 사람들과 만나기를 원한다. 게다가 나는 아침형 인간인데 남편은 올빼미족이다. 신혼 초 퇴근 후 저녁 시간에 함께 영화를 보거나 야식과 함께 즐거운 시간을 기대했던 남편은 매일 일찍 잠이 들어버리는 나를 보며 아쉬운 날들이 많았다. 함께 보낼 시간이 생각처럼 잘 생기지 않는다. 우스갯소리로 "우리 같이 살고는 있는데 언제 만날 수 있는 거야?"라고 한 적도 있다. 함께 시간을 보내려면 밤잠이 많은 내가 미리 마음먹고 커피를 잔뜩 들이키는 하루를 보낸 후, 늦은 시간까지 잠이 깨어 있도록 노력해야 한다. 매일 할 수는 없는 일이다. 십 년 차 결혼생활인 지금은 이런 차이를 쉽게 바꿀 수 없다는 걸 인정하고 서로를 이해해 준다.

성향이 반대인 것도 모자라, 취향까지 반대이다. 내가 좋아하는 음식은 그가 싫어하고, 내가 멋지다고 생각한 디자인은 그에게 별로이다. 신혼 초 내가 정성껏 고른 선물을 받아 든 그의 표정을 보고 실망한 그날이 아직 잊혀 지지 않는다. 그는 가짜 연기를 못하는 사람이다. 신혼 때는 너무 속상하고, 상처였지만 이제는 그의 선물을 사야 할 때 내 눈에 예뻐 보이는 걸 빼고 고른다. 그러면 딱 그의 취향이다.

이렇게 우리는 반대의 성향, 반대의 취향으로 아쉬운 부분이 있는 게 사실이고 그래서 일상에서 투덕투덕하기도 한다.

하지만 사이가 좋다. 이렇게 반대인데 어떻게 사이좋은 부부가 될 수 있냐고? 솔직히 말하면 애초에 '좋은 사람'을 만난 것이 가장 크다. 그다음은 평소 충분한 대화를 하는 것이다. 서로 오해가 쌓이지 않도록, 감정의 골이 깊어지지 않도록 한다. 한 사람의 감정이 상했을 경우 이른 시일 안에 대화의 시간을 가지고 어디서부터 실타래가 얽힌 것인지 정확한 지점을 찾아내 풀어낸다. 그러면 마음에 쌓아두는 것 없이 속 시원해진다.

이것도 처음부터 쉽게 된 것은 아니다. 일단 기분이 나빠지면 입을 다물어버리는 나의 나쁜 습관을 남편이 계속 노력해서 대화를 시도해 주었다. 이 점이 나는 참 고맙다. 나는 사소하다고 생각해서 말하진 못하고 그저 '꿍'해 있었다. 그런데 대화를 나누며 진짜 속마음을 털어놓으니, 남편은 이렇게 대화해보지 않았으면 왜 꿍해있는지 몰랐을 거라고, 이제 이해가 간다고 한다. 그러면서 혼자 꿍해있지 말고 꼭 솔직하게 이야기하라고 당부한다.

남편과 서로 표현하는 방식이 다르고 그 방식이 마음에 들지 않을 때도 있지만, 그 방식 너머에 있는 본래의 '마음'을 생각해 본다. 나를 위하는 마음에서 나온 표현들이다. 나를 소중하게 아껴주는 마음이 전제되어 있기에 이제 그 표현 방식에 대해 서운함이 사라지고 있다. 한 사람이 원하는 방식으로만 바꿀 수 없기에 서로가 함께 이해하고 노력하는 모습으로 지낸다.

좋은 배우자를 만나기 위해선 약간의 운과 내가 먼저 좋은 사람이 되는 것, 그리고 좋은 사람을 볼 줄 아는 안목을 지니는 것이 좋다. 안목은 어떻게 만들 수 있을까? 연애 경험을 어느 정도 해보는 것이 좋다고 생각한다. 지금 남편을 만난 것이 운이 좋아 보여도 지금 남편을 만나기 전, 실패한 연애도 꽤 했었다. 그러다 보니 남편과의 만남에서 그가 좋은 사람이라는 것을 판단할 수 있었다.

무엇보다 남편을 만나 소중하고 너무 사랑스러운 우리 두 딸을 만날 수 있었음에 정말 감사하다. 그가 자상한 아빠가 되어줌에, 행복한 가정을 이룸에 내 삶의 완성도가 점점 높아지고 있다. 육아 퇴근 후 와인을 함께하며 도란도란 이야기를 나눌 평생 친구가 있어 든든한 날들이다.

상상하고 싶지 않지만, 결혼할 사람을 잘못 선택했다면 지금 나의 인생이 어떻게 달라졌을까. 아직 짝을 찾아 헤매는 많은 사람은 고민도 많고 궁금한 것도 많을 것이다. 어떤 사람을 선택해야 후회 없이 즐거운 삶을 평생 함께할 수 있을지, 그 기준에 대해 고민 중인 사람들에게 작은 도움이라도 되지 않을까 싶어 나의 경험을 토대로 몇 가지 기준을 나열해 적어본다.

나를 많이 아끼고 사랑해 주는 사람

다정하고 배려심 많고 따뜻한 사람

어른스럽고 신중한 판단력을 가진 사람

나의 모든 걸 말해도 이해해 줄 수 있는 사람

대화를 통해 서로를 이해해 줄 수 있는 사람

나의 부족한 부분을 메워주고 배울 점이 많은 사람

미래에 대한 가치관이 통하여 인생을 함께 즐기며 나아갈 수 있는 사람

요즘은 결혼이 필수가 아닌 선택인 시대이기에 무조건 결혼을 추천하는 것은 아니다. 개인의 삶에서 우선순위에 따라 현명하게 결정해야 할 것이다. 결혼이라는 제도 안에 들어가지 않는 삶을 택하더라도 인생에서 오랜 시간 함께 할 수 있는 소중한 인연을 만드는 것은 의미 있을 것이다.

김진희의 글

배움

더 이상
미룰 수가 없는

"엄마, 사람은 왜 생겼어? 사람은 왜 태어나? 사람은 왜 살아야 해? 우주가 생기기 전에는 뭐가 있었어?"

그날도 어김없이 딸은 질문 공세를 했다. 자기 전 함께 누워 대화를 나눈다. 일찍 자기 싫은 7살 첫째 딸은 조금이라도 자는 시간을 늦추려 이것저것 물어본다. 그런데 점점 질문의 수준이 높아진다. 너무도 심오한 질문에 말문이 막혀버린다.

철학적인 이 질문들을 답하기엔 아직 나의 수준이 부족하다. 뭐라고 답해야 할지 며칠이 지난 후에도 고민했다. 그러다 문득 얼마 전 스마트 폰에 다운받아 놓았던 ChatGPT 앱이 생각났다. 얘는 뭐라고 대답할까? 앱에 들어가 딸의 질문을 입력해보았다.

🌀 YOU

내 7살 딸이 질문을 했어

사람은 왜 살아야 해?

뭐라고 답해줘야 해?

🌀 ChatGPT

7살의 아이에게 사람이 살아야 하는 이유에 대해 설명해주는 것은 중요한 순간입니다. 아래는 이해하기 쉬운 방식으로 설명할 수 있는 몇 가지 이유입니다:

1. 사랑과 관계: 사람은 서로 사랑하고 돌봄을 주며 서로에게 의지하는 관계를 형성합니다. 우리는 가족, 친구, 이웃과 함께 살아가며 서로 돌봐주고 사랑하는 것이 중요합니다.

2. 꿈과 목표: 살아 있는 동안에는 자신의 꿈과 목표를 향해 노력하고 성취하려고 합니다. 꿈을 향해 노력하고 성공을

경험하는 것은 삶에 큰 의미를 부여할 수 있습니다.

3. 새로운 경험과 배움: 삶은 계속해서 새로운 경험과 배움의 기회를 제공합니다. 우리는 삶 속에서 계속해서 새로운 것을 배우고 성장할 수 있습니다.

4. 다른 사람을 돕기: 우리는 다른 사람들을 돕고 세상을 더 나은 곳으로 만들기 위해 삶을 삽니다. 작은 행동이나 친절한 말 한마디가 다른 사람들에게 큰 영향을 줄 수 있습니다.

5. 자신을 발견하기: 삶을 통해 자신의 장점과 능력을 발견하고 자기 신뢰를 쌓을 수 있습니다. 우리는 자신을 이해하고 자신을 받아들이는 것이 중요합니다.

이러한 이유를 간단하게 설명하고, 아이가 이해하기 쉽도록 일상생활에서의 예시를 들어가며 설명해 주면 좋을 것입니다. 함께 대화하고 아이의 호기심을 이해하며 그에 맞게 적절한 답변을 제공하는 것이 중요합니다.

와, 대단한데! 단 몇 초 만에 ChatGPT는 다섯 가지 이유를 들어 설명했다. 딸에게 다섯 가지를 수준에 맞춰 설명해보았다. 잘 기억하는지 딸에게 되물어보았다.

"가족들, 친구들과 서로 사랑하기 위해서랑, 그리고 유치원에서 재미있게 배우기 위해서야!"

딸이 귀엽게 대답했다. 다섯 가지를 다 기억하진 못하지만 몇 가지는 얻어냈다. ChatGPT가 제시한 다섯 가지의 이유를 살펴보니 꽤 마음에 들었다. 내가 수 개월간 책을 읽고 얻은 교훈과 일치했기 때문이다. 이렇게 ChatGPT는 일상에서의 물음표를 느낌표로 바꿀 힘을 가지고 있다. 더 큰 적용도 가능하다. 글도, 그림도, 음악도 만들어내며, 회의 보고서도, 프레젠테이션도, 영상도 만드는 등 그 활용도가 무궁무진하다.

신문에 매일 나오는 AI 관련 기사를 보며 혁신적으로 바뀌는 세상에 대한 기대감은 물론, 왠지 모를 우려의 마음도 있는 게 사실이다. 그런데 이 우려의 마음은 내가 아직 잘 모르는 데서 만들어진 두려움이다. 어떤 기술도 장점만 있는 건 없다. 그래서 현명하게 사용해야 한다. 현명하게 잘 사용하기 위해선 어떻게 해야 할까? 일단 잘 알아야 하고 그래서 공부해야 한다.

지금의 AI처럼 십여 년 전엔 스마트 폰이 혁명처럼 우리의 삶에 들어왔다. 스마트 폰은 생긴 이후로 그것은 거의 사람의 몸에 붙어산다. 스마트 폰이 생기기 전 가족들은 집에서 하나의 TV로 함께 하나의 프로그램을 시청하는 시간을 보냈다면, 이제는 스마트 폰이나 태블릿을 이용하여 각자의 취향대로 선택한다. 현대인의 진정한 반려 스마트 폰이 아닌가 싶다. 나는 지금, 이 글도 스마트 폰으로 쓰고 있다. 미리 계획한 글쓰기는 노트북을 이용하지만, 노트북을 이용할 수 없는 상황에서 갑자기 생각이 떠오를 때는 항상 소지하고 있는 스마트 폰을 꺼내 바로 쓴다. 이제는 없이 살 수 없을 상태가 된 스마트 폰의 자리에 이제는 AI까지 밀려 들어오고 있다.

초등학생 때 컴퓨터와 인터넷이 막 보급될 때는 두려움보단 마냥 기쁘고 설레는 마음으로 새로운 신기술을 접하고 즐겼다. 어떤 머뭇거림 없이 이것저것 만져보며 컴퓨터를 익혀나갔다. 그런데 나이가 조금씩 들수록 새롭고 급격한 변화에 약간의 거부감과 두려움이 생기고 있다. 그리고 받아들이는 속도도 예전만큼이 안 된다.

친정 부모님을 만나게 될 때면 꼭 스마트 폰 질문 시간이

온다.

"무슨 메시지가 뜨는데 이건 어떻게 해야 하니, 눌러도 되니?"

"핸드폰으로 보험금 청구는 어떻게 하니?"

"잘 쓰던 앱이 사라졌는데 어디로 갔니?"

"카톡 소리가 갑자기 안 들리네. 소리 나오게 좀 해봐."

매번 봐 드리는데 만날 때마다 비슷한 질문들을 하시는 것 보면 '우리 부모님 세대의 어르신들은 스마트 폰이 쉽게 적응되지 않는구나.'라는 생각이 든다. (물론 모든 어르신들이 다 그런 건 아니겠지만 말이다.) 그런 부모님의 모습에서 언젠가 다가올 나의 미래가 보이기도 한다. 아직 어리기만 한 딸이 능숙하게 태블릿을 다루는 것을 보면 말이다.

엄마와 대화하다가 어르신들 대상으로 스마트 폰 앱 활용에 대한 강좌가 있다는 걸 알게 되었다. 처음에는 '뭐 그런 걸 가서 배우기까지 해.'라고 생각했다. 그런데 이제는 내가 다니고 싶을 정도이다. 쓰던 기능만 사용하니 새로운 기술에 대한 활용 능력이 부족하다. 사진이나 동영상 편집이며 AI의 활용법 등 배울 것이 한둘이 아니다. 이렇게 혁신의 기술이 빠르게 발전하는 시대에서는 조금의 시간차로 엄청난 차이가 생길 것이다. 뒤처지지 않고 시대에 발맞추어 따라가야 한다. 피할 수 없다. 두려움과 불안은 내려놓자고 나에게 말해본다. 새로운 기술에 대해 유연한 마음을 가져야 한다. 더 이상 미루지 말고 활용 능력을 능숙하게 익혀 생활이나 업무에 적용해야겠다고 생각해 본다. 살포시 온라인 서점에서 관련 책을 장바구니에 넣는 나의 모습을 발견한다.

새롭게 익혀야 할 기술과 배움은 비단 AI뿐만이 아닐 것이다. 배움에는 끝이 없고 나이가 없다. 이 상투적 표현이 어릴 때는 그저 스쳐 지나가는 표현이었지만 이제는 피부로 느껴진다. 나이에 들어감에 따라 안겨지는 지혜와 경험, 거기에 새로운 배움이 더해져 균형과 조화를 이룬다면 더없이 풍요로운 인생이 펼쳐질 것이다. 할머니가 되어도 새로운 기술들을 능숙하게 다루는 그런 멋진 사람이 되고 싶다. 새로운 변화와 배움을 두려워하지 말고 적극적인 시도와 도전을 계속해 보자고 다짐해 본다.

김진희의 글

외로움

시간의 그늘과
화해하다

만 나이 37세. 조금 더 익숙했던 예전 나이로는 39세이다. 말도 안 되는 소리지만 나는 나이가 안 들 줄 알았다. 하루하루의 시간이 천천히 흘러갔던 10대와 20대에는 내가 언젠가 우리 엄마처럼 3,40대의 나이가 될 거라는 게 상상이 되지 않았다. 젊음이 마냥 계속될 것만 같았다. 그런데 어느새 마흔이 가까워지는 나이이다. 인생의 한가운데이다. 산의 정상에 다다른 것이다.

쇼펜하우어는 말했다.

정신적으로 성숙해지려면 마흔 살은 되어야
한다.
산의 정상을 넘어서면 풍문으로만 들어왔던
죽음이 실제로 보이기 시작한다. 삶의 활기가
떨어지기 시작하고, 의욕도 감퇴해 젊은 날의
오만함이 물러가고 우울한 근엄의 지배를 받
게 된다.

그래서 그런 걸까. 제2의 사춘기가 온 것처럼 마음이 꿀렁
거린다. 이제 조금은 인생을 알겠다는 얕은 생각이 들기도 한
다. 쇼펜하우어가 성숙의 기준을 마흔이라는 나이로 정해서
그랬는지는 모르겠지만 요즘 '마흔'이라는 단어가 들어간 책
들이 참 많이 보인다. 그만큼 인생의 달고 쓴 맛을 어느 정도
맛본 나이라고 해도 될 것 같다. 쇼펜하우어의 말대로 때때로
우울의 감정이 나를 지배하기도 한다. 그 우울의 근원은 무
엇일까. 나에게는 그것이 '외로움'이다. 시시때때로 찾아오는
외로움의 파도에 휩쓸린다. 현대인에게 외로움은 평생 찾아
오는 반려 감정이 아닐까.
다양한 온라인 플랫폼과 SNS의 발달로 수많은 사람과 쉽

게 소통할 수 있는 환경이지만 예전보다 덜 외로운 건 아니다. 사람들과 북적하게 지내다가도 시간의 그늘이 어김없이 나를 찾아온다. 고독과 외로움의 시간이다.

외로움은 늘 곁에 있었다. 사춘기 때 혼자서 치열하게 내면에서 나의 존재와 방향성에 대해 고민하느라 외로움을 느꼈다. 정체성과 존재에 대한 고민은 오로지 나 혼자만의 사색이었고 아직 미숙했던 나는 누군가에게 도움을 요청할 생각을 하지 못했다. 그런데 사춘기 때 끝날 줄 알았던 정체성의 고민은 지금도 계속된다.

내가 외로움을 잘 느끼는 이유가 있다. 나에게 사람들과 어울림은 늘 어려운 숙제와도 같았다. 먼저 다가가 친근함을 표현하고 말을 붙이는 것이 성향 상 어려웠다. 그러면서도 사람들과 함께 잘 어울려 지내고 싶기도 한 이중적인 마음을 가졌다. 항상 누군가가 먼저 다가오기를 기다렸다. 그러나 인간관계는 상호작용이다. 언제나 기다리기만 하는 나에게 활발한 교류와 소통이 잘 이루어질 리가 없다. 게다가 모임이 세 명이 넘어가면 금세 기가 빨리고 피곤해진다. 사람들과 함께 있는 시간이 싫은 건 아니지만 나의 타고난 기질과 성향이 여러 사람과의 관계를 버거워한다. 내향성이 강한 성향이다. 그러면서도 소외감과 외로움은 더 섬세하게 느낀다.

10대와 20대에는 그런 나의 모습을 가면 뒤로 숨기려 부단히도 노력했다. 외로움과 고독을 들키고 싶지 않았다. 그때는 그게 부끄럽고 창피했다. 인간이라면 누구나 피해 갈 수 없는 외로움이라는 걸 잘 몰랐던 것 같다. 이제는 그때처럼 억지로 나의 모습을 숨기거나 인위적으로 꾸며내는 일은 하지 않는다. 나의 성향을 인정하고 외로움이라는 감정을 자연스럽게 받아들이려고 한다. 새로운 인간관계는 결이 맞는 사람들과 자연스럽게 형성하고, 기존의 오래된 편안한 친구들과의 소통을 중점적으로 하고 있다.

흔히 외로움과 고독은 부정적인 감정으로 인식된다. 정확한 의미를 사전에서 찾아보았다.

외로움 : 홀로 되어 쓸쓸한 마음이나 느낌.
고독 : 세상에 홀로 떨어져 있는 듯이 매우 외롭고 쓸쓸함.

비슷한 듯하지만, 알아보니 조금 차이가 있다. 외로움은 '쓸쓸한 마음이나 느낌'이 중점적인 개념이다. 고독은 '홀로'가 중점적인, 외로움보다는 긍정적인 개념으로 보인다. 그래서 외로움은 극복해야 하는 것이고 싸워서 이겨내야 하는 것이라고 말하는 반면, 고독은 즐긴다고도 말한다. 그런데 한번 외로움과 싸워서 이겨낸다 한들, 죽기 전까지 다신 그 감정이 찾아오지 않을까? 그런 일은 없을 것이다. 우리는 평생 외로움이라는 감정과 공존할 것이다. 그렇기에 그 감정을 스스로 잘 다룰 줄 아는 능력이 필요하다. 외로움을 탈피하기 위해서는 사람들의 무리 속으로 뛰어 들어가야 할 것인가? 나는 반대로 고독의 시간을 통해 외로움을 다스릴 수 있다고 생각한다.

　시간이 흐르면서 나의 취향이 변하고 있다. 특히 먹는 것에서 그 변화가 잘 느껴진다. 어릴 때 부모님이 드시는 음식을 보며 '저렇게 맛없는 걸 왜 드시는 거지?'라고 생각했던 것들이 어느 순간 나의 젓가락에 운반되어 나의 입속으로 도착하는 순간을 목격할 수 있었다. 취향이 바뀐 것 중 하나가 커피다. 달달한 커피만 먹었던 내가 어느 날부터는 아메리카노만 찾게 되었고, 또 얼마 전부터는 에스프레소를 마시기 시작했다. 어릴 땐 호기심에 에스프레소를 시켜보았다가 그 진하고 쓸쓸한 맛에 '절대 다시 시키지 말아야지.' 다짐했던 기억이 난다. 그런데 이제는 집에 기계까지 사다 놓고 내려 마신다. 와인도 마찬가지다. 20대와 30대 초반에는 엄청 달달한 맛의 와인을 좋아했다. 그러다가 얼마 전부턴 덜 달고 바디감이 묵직한 와인을 찾는 나의 모습을 발견하였다. 맛도 나이를 찾아가게 되는 걸까? 어릴 때만큼 달지 않은 걸 선호하게 되는 것이 꼭 인생의 흐름과 닮아있다.

인생의 뜨거운 한 여름을 이제 막 빠져나온 영혼의 열기를 시간의 그늘에 펼쳐 식혀보자. 씁쓸한 에스프레소와 바디감이 묵직한 달지 않은 와인을 즐기듯 고독을 음미해 보자. 고독에 맛이 있다면 그런 맛이 아닐까. 음미하는 고독의 시간 속에서 조금씩 가까이 다가오는 죽음과의 대화도 나눠보고 사색해 보자. 나의 정신과 몸에 닿았던 수많은 자극들을 잠시 차단하고 나에게 집중해 보자. 고독의 시간이 무의미하지 않도록, 내면을 발견하고 발전시킬 수 있는 기회가 될 수 있도록. 아이러니해 보이지만 고독을 즐기면서 외로움을 다스릴 수 있을 것 같다. 외로움에 벗어나려 발버둥 치려고 하면서도 은근히 즐기기도 하는 나의 모습을 발견한다.

그렇지만 모든 것은 적당해야 한다. 어느 한쪽으로만 치우치지 않는 중용의 태도를 지향해야 한다. 고독과 외로움의 구렁텅이에 빠질 수는 없다. 그러기 위해서는 소중한 사람과의 끈끈한 관계를 잘 다져놓는 것이 중요하다. 언제든 시간의 그늘에서 빠져나와 가족과 친구들이 있는, 따뜻한 해가 내리쬐는 곳으로 향해갈 수 있어야 한다.

커피 한잔과 함께 고독을 음미하며 이 글을 마무리한다.

김진희의 글

수학

삼십년간 짝사랑한
너에게

　안녕. 나는 너를 초등학교 입학 전에 엄마를 통해 소개받
았어. 사실 그때는 내가 너무 어려 기억이 잘 나지 않아. 초등
학교 고학년 때쯤부터 나는 너에게 호감이 생겼다고 기억했
지만, 우리 엄마가 간직하고 계신 그림 일기장을 살펴보니 초
등학교 1학년 때부터 너를 이미 좋아하고 있었더라고. 너무
놀라웠어. 내가 그렇게 긴 시간 동안 너를 좋아했다는 게. 그
리고 너를 좋아하는 동안 나는 즐거웠어. 너는 나에게 재미는
물론, 성취감도 안겨주었어. 초등학교 때 내가 느낀 너의 모

습은 노력한 만큼 친해질 수 있는 친구 같은 느낌이랄까. 친해지니까 너는 더 재미있더라. 나를 놀리기도 하는 것 같고, 알쏭달쏭하기도 했어.

나는 청소년기가 되었어. 너의 성격이 더욱 또렷하게 느껴졌어. 확실하고 명확한 너의 모습에 더욱 매력을 느끼기 시작했어. 나처럼 우유부단하지 않았지. 너는 항상 분명하고 정확한 답을 가지고 있었어. 너에 대해 이해하려고 나는 계속 다가갔어. 다행히 너도 날 싫어하진 않았는지 너의 모습을 조금씩 나에게 드러내 보였고 우리가 서로를 이해하고 있다고 생각했지. 그런데 갈수록 너는 뒤로 물러서더라. 내가 너를 더 좋아하는 만큼 말이야. 그래도 나는 포기할 수 없었어. 너만큼 나를 시간 가는 줄 모르고 빠지게 한 건 없었으니까. 짝사랑이라도 좋아. 그냥 나는 너를 향해 계속 나아가겠다고 다짐했어. 그래서 내가 할 수 있는 만큼 최선을 다했어. 너를 더 잘 알고 싶어서 연구를 많이 했지.

스무 살이 되었어. 나는 용기를 내어서 너에게 프러포즈했어. 걱정을 많이 했어. 난 소심하니까. 이렇게 용기 내는 일이 많지 않거든. 나는 긴장했어. 너의 대답을 기다리는 동안. 그래도 믿음은 좀 있었어. 난 한결같이 널 계속 좋아했거든. 드디어 너는 답했어. 날 받아준다고. 인생의 꽃이 피는 스무 살에 너의 긍정적인 답을 들으니 나는 정말 뛸 듯이 기뻤지. 이제는 짝사랑이 아닌가 보다, 하고 말이야. 그리고 스무 살부터 우리는 진하게 본격적으로 만났지. 나는 너를 가까이 알아가면서 이전에는 느끼지 못했던 점들을 감각하기 시작했어. 좀 낯설게 느껴졌다고 할까.

스무 살 이전까지의 너의 모습은 어떤 문제가 생겼을 때 조금 고민해 보면 결론이 나왔던 것 같은데, 너를 제대로 알아가려고 하니 조금의 고민으로는 모르겠더라고. 고민의 시간이 며칠씩 걸리는 날도 있었던 것 같아. 그런데 그거 아니. 그렇게 며칠 동안 고민해서 결국엔 너에 대해 더 잘 알게 되는 날은 짜릿한 기분이 들더라고. 나 너무 너한테 빠졌나 봐. 오랜 시간 널 봐왔지만 이렇게 또 새로운 모습의 매력을 보여주다니. 너도 참 대단하다. 너는 여전히 흔들리지 않는 강한 모습이었고, 빈틈없는 논리와 세상에 대한 통찰을 가지고 있었어. 상상력이 풍부하기도 하고, 순수하기도, 자유롭기도 하며 아름답기까지 했지. 너의 그런 위엄성 때문에 다가가기 어려운 면도 솔직히 있었던 것 같아. 나만 그랬던 건 아니었어. 네가 대단하다는 걸 알지만 그만큼 사람들은 너를 어려워하고 멀리하고 싶기도 했었을 거야.

나는 이렇게 대단한 너를 이 세상에 잘 알리고 싶다는 생각이 들기 시작했어. 그래서 더 꼼꼼하게 너에 관해 공부해서 너의 멋진 특성과 매력을 많은 사람들이 잘 느끼도록 해주고 싶었어. 나는 그래서 평생 노력하기로 했어. 너와 영원히 함께하기 위해서. 너의 멋짐을 이 세상이 더 잘 알게 하기 위해서. 나에게 항상 신비로움과 즐거움, 기쁨을 주는 너에게 정말로 고맙다는 말로 이만 마칠게.

아직도 짝사랑인 것 같다. 이 편지는 내 인생의 최애 취미이자 직업으로 삼고 있는 '수학'에게 쓴 것이다. 편지 형식이다 보니 좀 감성적인 느낌이 강하지만, 나의 진심이 담긴 내용이다. 어릴 때부터 느꼈던 수학의 매력과 특성에 대해 더 잘 알고 싶었고, 그래서 수학을 더 공부해 보고자 대학 진학 때 '수학과'를 선택한 것을 '프러포즈'라는 표현으로 비유해 보았다.

어느 날 엄마가 보내준 사진 속 내 초등학교 1학년 그림 일기장에는 내가 수학 공부를 하는 그림이 그려져 있고, 내용에는 '산수 공부가 아주 재미있다.'고 적혀있었다. 초등학교 시절 생각해 보면, 내가 크게 노력하지 않아도 수학의 성취도가 좋았고 그렇다 보니 자연스럽게 수학에 대한 관심과 재미를 크게 가졌던 것 같다. 유전적인 영향이라고 생각이 들었다. 아버지가 학창 시절 수학을 아주 잘하셨다는 이야기를 많이 들어왔었고, 어머니도 꼼꼼하시고 정확한 성향을 지니셨다. 그래서 나는 부모님께 감사한 마음이 들 뿐이다. 이렇게 나는 일찍 나의 적성을 파악하였고, 그 적성이 지금까지 쭉 이어져 온 것이다.

그렇다고 내가 엄청나게 수학을 잘한 것은 아니었다. 경시대회에 나가 어려운 문제를 풀어 큰 상을 받는 학생은 아니었

고, 단지 학교 내신 수학 교과에서 깎이는 점수가 거의 없도록 관리할 수 있는 정도였다. 실력보다는 좋아하는 마음이 더 컸다. 그래서 고등학생 때 문과와 이과를 정할 때도 망설임 없이 이과를 선택했고, 대학 진학 시 학과를 정할 때도 큰 고민 없이 '수학과'를 선택했다. 어떤 직업을 갖더라도 수학과로 진학해서 공부하는 것이 나의 적성을 가장 잘 살릴 수 있다고 생각했기 때문이다. 그리고 결국에 수학 교사가 되었다.

오랜 시간 동안 한 가지의 매력에 빠져 지내올 수 있었음에 나는 감사한다. 그건 너무 신나는 일이기 때문이다. 아주 훌륭한 취미이자 공부가 된다. 관련 책이나 영화, 영상을 찾아본다든지, 다양한 문제를 풀어본다든지, 수학 원리를 이용하여 구체물을 만들어보는 등 다양한 활동을 할 수 있다. 이런 재미를 학생들에게 쉽게 전달하고 싶은 마음에 수학 선생님이 되었다.

대학 4년과 교사 임용이 되기 위한 시험공부 1년의 세월은 마음껏 수학 공부를 할 수 있어 내 인생에서 몰입의 만족도가 가장 큰 시기였다. 고등학생 때까진 싫어하는 과목을 공부하는 것이 고통스러운 시간이었다. 대학 공부는 전공의 비중이 아주 커서 뭐 없이 수학만 공부할 수 있었다. 그래서 대학원에 가지 못한 것이 아쉬움에 남는 부분이다. 아직 늦지 않았다면 도전해 보고 싶기도 하다.

이런 수학의 매력을 혼자만 알기가 아까워 어릴 때는 동생에게, 결혼 후에는 남편에게 수학에 대해 흥미로운 이야기를 해주고 설명해 보았지만 이제 그들은 수학의 '수' 자만 꺼내도 질겁하며 도망간다. 나와 같은 마음의 동료를 주변에서 찾기가 쉽지 않다. 수학의 매력을 말하자면 사실 책 한 권도 부족하다. 위에 편지 내용에 내가 좋아하는 수학의 특성이 간략하게 포함되어 있다. 조금 추가해 보자면, 일단 수학은 인류의 문명을 발달시킨 '힘'이다. 수학자들이 '어디에 적용해야지.'라고 생각하며 목적성 있게 만든 것이 아닌 것들도 결국엔 우리 문명의 곳곳에 스며들어 인간의 삶을 이롭게, 편리하게 해준다. 내가 봤을 땐 우리 생활의 거의 모든 것이라 봐도 무방하다. 그래서 참 감사한 학문이다.

청소년기에는 수학의 명확함을 좋아했다. 내가 국어를 어려워했는데 그 이유 중의 하나가 객관식 문제에서 답을 고를 때 명확한 느낌이 들지 않았기 때문이다. 끼워 맞추면 답이 아닌 다른 보기들도 답이 되는 것처럼 느껴졌다. 어디까지나 이건 나의 언어적 능력이 부족한 탓이었지만, 수학은 확실한 하나의 답이 있으니 정확히 보기에서 답을 골라낼 수 있었다. 나는 이런 점이 마음에 들었다.

수학은 아름답다. 수학으로 고통받았던 많은 사람에겐 경악할 만한 표현일지도 모르겠다. 나한텐 수학이 그렇다. 아름답다. 수학을 사랑하는 많은 사람들은 동의할 것이다. 나는 중, 고등학교의 대학입시 수학 문제처럼 시간 안에 많은 문제를 푸는 것보다 대학에서 공부한 수학처럼 하나의 문제를 오랜 시간 고민하며 생각하는 그 과정이 즐거웠다. 또, 그 과정과 답을 논리에 맞게 서술한 것을 살펴보면 너무 아름다웠다. 문제의 풀이 과정 또는 어떤 정리의 증명을 최대한 간결하면서도 핵심만을 뽑아내어 아름답게 풀어놓은 것은 꼭 시처럼 느껴졌다.

분명한 건 평생 빠져 지낼 수 있는 어떤 대상, 즐길 수 있는 취미는 인생을 한층 더 재미있고 풍성하게 만들어준다. 혹시라도 아직 그런 대상이 없다면 평생 열렬히 짝사랑할 수 있는 무언가를 만들어보길 추천한다. 사람이든, 물건이든, 취미활동이든, 무엇이든 간에.

김진희의 글

습관

기록적인 삶을
향하여

마른 여자로 살아본 적이 없다

당연하다. 먹는 걸 좋아하니까. 세상에는 맛있는 음식이 너무 많다. 금요일 저녁쯤이면 종종 엘리베이터에서 진한 냄새를 풍기며 다른 집으로 배달되는 치킨의 유혹은 단연 넘버원이다. 스트레스가 살짝 올라오면 침샘에서 벌써부터 끌어당기는 매운 음식들, 예를 들면 낙지볶음, 곱창, 떡볶이, 마라탕과 같은 것들은 땀을 흘리며 먹는 매력이 있다. 분위기를 내고 싶을 때 찾아가는 레스토랑에서 우아한 칼질과 함께 육즙이 느껴지는 스테이크는 삶을 더 특별한 순간으로 느끼게 해주며 일본 라멘, 인도 커리, 베트남 쌀국수 등 맛으로 여행을 떠날 수 있는 이색적인 음식들 또한 삶의 기쁨이다. 커피와 함께 먹으면 금상첨화인 소금빵, 크로플, 앙버터, 베이글과 같은 빵들과 케이크, 마카롱, 초콜릿, 아이스크림 등 달콤한 디저트 또한 내가 너무나도 사랑하는, 빠질 수 없는 인생의 행복이다. 맛있는 음식이 나의 혀에 닿는 순간 이성이 마비되어 먹을 양을 조절하는 것은 나에게 너무나도 큰 형벌이다.

'난 왜 이렇게 먹는 것에 늘 신경 쓰며 괴롭게 살아야 하는 거지?'

먹는 것을 좋아하면서도 나는 날씬한 체형으로 멋지게 옷을 입은 다른 여자들을 보면 너무 부러웠다. 조금 억울하다는 생각도 들었다. 먹는 걸 좋아하지만 체질 차이라는 생각이 들었기 때문이다. 살이 잘 안 찌는 체질의 사람은 특별히 노력하지 않아도 내가 부러워하는 체형이 유지가 되는 것처럼 보였다. 반면에 나는, 언제라도 마음 편히 먹을 수가 없다. 그렇다고 안 먹는 게 아니다. 스트레스 받으면서 먹는 거다.

우연히 함께 식사하며 날씬한 여성분이 먹는 음식의 양을 보게 되었다. '음, 내 몸이 이렇게 된 것은 다 이유가 있구나.' 내가 먹은 음식량의 절반도 먹지 않은 것 같은데 배불러 하며 더 이상 잘 먹지를 못한다. 다른 유형의 날씬한 사람들도 있다. 엄청 부지런한 사람들이다. 가만히 있지 않고 계속 움직이며 무엇을 한다. 소파에 누워만 있는 걸 좋아하는 나는 더 이상 예전처럼 불만을 가질 수가 없었다. 이유가 있었다. 무조건 체질 차이만은 아니었던 것이다. 남들보다 좀 더 먹고, 남들보다 움직이지 않는 그런 나의 작은 습관들이 하나하나 쌓여 지금의 내 모습을 형성했다.

결혼 전까지는 통통했어도 젊음이라는 무기가 있어서 그런지 약간의 자신감이 있었고 이 정도의 스트레스도 아니었다. 또 마음먹고 운동하면 성과가 잘 드러나기도 하였다. 문제는 결혼과 임신, 출산이었다. 결혼하고 신혼이 되어 남편과 야식을 즐기던 나는 그야말로 고삐 풀린 몸무게가 되었다. 그 상태에서 임신하였고, 첫 임신의 행복감과 함께 뱃속의 아가에게 준다는 핑계로 먹고 싶은 것들을 듬뿍 섭취하곤 했다. 작은 키임에도 불구하고 나는 75kg까지 늘어난 몸무게로 출산했다.

첫 아이를 출산하고 결심했다. 이렇게 살 수는 없다. 아직

창창한 30대의 나이 아닌가. 몸을 아름답게 가꾸고 싶었다. 독한 다이어트를 마음먹었다. 그래서 그 방법을 고민해 보았다. 나는 무언가를 할 때 요령을 찾기보단 '정석대로' 하는 것을 선호한다. 예를 들면, 다이어트 약을 통한 방법보다는 누구나 알고 있는 다이어트의 정석, '운동'과 '식단'을 알맞게 실행하는 것이다. 그런데 그 실행하는 것이 쉽지 않다는 것은 이 세상 사람 모두가 다 알 것이다.

'어떻게 실행력을 높일 것인가? 그리고 실행을 오래도록 유지할 것인가?'

고민하던 나는 회원 수가 엄청 많은 맘 카페에 '다이어트'를 열심히 검색해 보았다. 분명 나와 비슷한 상황의 동지가 많으리라 생각했기 때문이었고, 그 예상은 적중했다. 그리고 함께 다이어트를 하자는 글들이 보이기 시작했다. 서로 아침 공복 상태의 몸무게와 운동을 매일 인증하는 것이다. 벌금과 혜택도 있었다. 좋은데? 같이하면 의지도 되고 선의의 경쟁으로 더 열심히 할 수 있으리라 생각했다. 그리고 이 방법으로 운동과 식단을 병행하여 원하는 40kg대의 몸무게를 얻어내었다. 이렇게 한 문장으로 적었지만 15kg의 감량이었던 그 과정은 정말 피땀 흘린 고통의 시간이었다.

해피엔딩으로 끝나면 좋겠지만 아쉽게도 나는 그러지 못했다. 다이어트는 감량 후 '유지'가 더 중요한 법이다. 나는 목표를 달성한 후 모든 것을 손에서 놓아버렸다. 더 이상 운동은 하지 않았고, 다시 먹고 싶은 걸 먹는 나의 모습으로 돌아왔다. 잠깐의 시간 동안 입고 싶은 옷을 입을 수 있어 행복했지만, 다시 돌아온 습관으로 몸무게는 상승곡선을 그리기 시작했다. 정확히 빠진 만큼의 15kg이 다시 찌고 둘째를 임신하였다. 후... 또 반복이라니!!

둘째를 출산하고 나는 이제 이 과정이 습관이라도 된 듯이 또 맘 카페에서 다이어트를 함께 할 동지들을 찾아 헤맸다. 역시! 다이어트 동지들은 항상 멤버를 모집 중이었고 나는 합류하였다. 비슷한 방식이었다. 아침마다 몸무게와 운동, 식단 인증이었다. 규칙에 따라 벌칙과 혜택이 있었다. 한 번 독한 다이어트의 성공 경험이 있어서였는지 자신감이 좀 있었고 다행히 새로운 다이어트 동지들과의 인증을 통해 7kg 정도 감량에 성공하였다. 첫째 출산 후 했던 다이어트만큼 많이 감량하지는 못했지만 아이 둘을 육아하는 상황이니 극단적인 감량은 하지 않기로 했다. 다만, 예전처럼 요요현상을 겪지 않기 위해 나는 인증을 멈추지 않고 이어나갔다. 3년째 매일 인증을 하며 지내고 있다. 그래서 몸무게를 유지하고 있다. 이렇게 하지 않았다면 다시 예전처럼 늘어난 몸무게로 돌아갔을 것이 뻔하다.

이 경험으로 '기록'과 '인증'의 힘을 깨달았다. 혼자서 했다면 금방 포기했을 다이어트를 해낼 수 있었다. 같은 목적을 가진 사람들과 함께하는 것, 기록을 남기고 인증을 하는 것이 습관을 형성하고 목표를 이루는 큰 힘이 된다는 것을 느꼈다. 자기관리를 하는 나의 모습에 성취감과 뿌듯함을 느꼈다. 이 작은 성공 경험을 다른 분야에도 적용해서 실행하고 싶은 마음으로 발전했다. 내가 실천하고 싶었지만 금세 나태해져 포기하고 말았던 것들을 떠올려보았다. 바로 오랜 옛날부터 매년 새해 목표에 빠짐없이 포함되어 있었던 독서였다.

그동안은 독서해야겠다는 마음만 있었지, 시간을 내지 않았다. 전혀 강제성이 없는 나 혼자만의 결심이었고 의지가 약한 나는 일 년에 독서량이 열 권을 넘기는 일은 없었다. 사실 두 권이 다인 해도 있었고 그마저도 안 되는 해가 많았던 것이 사실이다. 이렇게 마음을 먹었을 때 우연히 교사 커뮤니티에서 수학 교사들의 독서모임회원을 새롭게 모집하는 글을 보았다. 약간의 두려움, 망설임과 함께 용기를 내어 신청하였다. 회원이 돌아가며 수학 분야의 책 한 권을 선정하고 함께 읽는 모임이다. 일주일에 한 번 독서를 인증하고, 3주간 완독한 후 온라인 화상으로 모여 책에 대한 이야기를 나눈다.

이렇게 정해진 약속과 모임이 생기니 책을 완독할 수 있게 되었다. 그리고 나는 읽은 책을 잊지 않기 위해 기록도 시작했다. 읽기만 하니 시간이 조금만 지나도 머릿속에 아무것도 남지 않는다는 것을 느꼈기 때문이다. 다 읽은 후 전체적인 감상과 인상 깊었던 부분을 중심으로 요약, 생각을 기록했다. 책 사진도 몇 장씩 찍어 글과 함께 SNS에 올리니 내가 어떤 책을 언제 읽었고, 그 책의 내용이 무엇이었는지, 더 잘 기억에 남고 찾아보기가 쉬웠다. 그리고 기록이 하나둘씩 쌓이면서 나만의 독서 포트폴리오가 만들어졌다.

자기 계발의 양대 산맥인 운동과 독서를 실천하는 힘을 가지게 된 나는 이전보다 삶에 대한 자신감이 생겼다. 불만보다는 감사한 마음으로 일상을 지내게 되었고 무엇이든 도전해 볼 수 있겠다는 진취적인 태도가 만들어졌다. 사실 운동도, 독서도 이제 시작한 지 정말 몇 개월 되지 않아 내가 이렇게 말할 자격이 있는지는 모르겠다. 이제야 평범의 범주 안에 갓 들어간 정도이기에 앞으로도 갈 길이 멀다. 그렇지만 예전에 하지 못했던 것을 실행하게 되면서 삶의 활력과 긍정적인 변화들이 생겨 너무 좋다.

계획했던 것을 잘 이루어나가지 못하는 사람들이 있다면 이런 나의 경험이 조금이라도 도움이 되었으면 좋겠다. 이루고자 하는 같은 목표를 가진 사람들의 집단, 작은 모임이라도 들어가서 실천하고 인증한다. 그리고 그 과정들을 기록한다. 이런 방법들로 평생 나를 멋지게 관리하고 내가 원하는 사람이 될 수 있다. 이를 적용할 수 있는 분야는 한도 끝도 없다. 독서나 운동뿐 아니라 새벽 기상, 글쓰기, 필사, 가계부 쓰기, 집 정리, 어학 공부 등 만들고 싶은 습관을 형성하는 인증 모임을 검색해 보면 찾을 수 있다. 원하는 분야의 모임이 없다면 직접 만들어보는 건 어떨까? 인증하고 기록해 나가는 삶을 통하여 단단해지고 성장하는 자기 모습을 볼 수 있을 것이다.

무리에 소속되는 것보다 더 동기를 지속시키는 것은 없다.
행동을 기록하는 것은 다음 행동을 촉발하는 기제가 될 수 있다.

제임스 클리어, 《아주 작은 습관의 힘》

김진희의 글

엄마, 내가 엄마 손을 모질게 뿌리쳤었던 날 기억나? 내 손 끝에 그날의 감촉이 아직도 남아있어. 미안해. 엄마가 얼마나 마음이 아팠을까? 나 이제 엄마를 진심으로 사랑하게 된 거 같아. 미안해. 이만큼 커버리고 엄마의 사랑을 알게 되어서.

2장

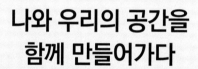

나와 우리의 공간을
함께 만들어가다

서점

당신의 강릉

강릉에는 제가 매우 '애정'하는 장소가 있습니다.《당신이 잘되면 좋겠습니다》란 책으로 '유퀴즈'에 출연하며 자못 유명해진 김민섭 작가님의 '당신의 강릉'이란 서점인데요. 주중에는 작가님의 강연 활동으로 인해 무인으로 운영하며, 주말에만 작가님이 상주하십니다. 서점에 방문하면 여기가 서점이 맞나 싶을 정도로 협소한 공간에 깜짝 놀랍니다. 공간 자체에 대한 매력은 거의 없다고 봐도 무방할 정도입니다.

제가 이 서점을 좋아하는 건, 작가님의 팬인 데다 저의 첫 단독 저서를 '당신의 강릉'의 독립 출판 브랜드인 '당신의 바다' 통해 출간했기 때문입니다. 하지만, 이런 개인적인 이유 말고 다른 서점에서는 찾아볼 수 없는 특색도 있습니다. '당신의 강릉'에서는 한 달에 한 번 김민섭 작가님이 잘되기를 바라는 작가를 초대하여 그의 책 한 권을 무료로 나눠주는 행사를 합니다. 아무리 사람들이 책을 읽지 않는 시대라지만, 사업하는 사람 입장에서 의문이 들었습니다.

'시중에 판매되고 있는 책을 무료로 나눠준다고? 비용은 어떻게 하고?'

좋아하는 작가지만, 경제관념이 너무 없는 게 아닌가 하는 걱정을 했습니다. 책값은 김민섭 작가와 참여하는 작가들이 반반 부담한다는데, 김민섭 작가도 그렇지만, 참여하는 작가들의 내면세계도 선뜻 이해되지 않았습니다. 김영하 작가 같은 초대박 베스트셀러 작가도 아닌 전업 작가들이 책 팔아서 얼마나 번다고 이런 행사를 한다니, 자본주의 사회에서 가능한 일인지에 대한 의구심과 왠지 모를 작가들의 궁핍한 생활이 연상되어 염려되었습니다. 하지만, 이후에 김민섭 작가님과 소통하며 제 걱정이 무색할 만큼 수입이 나쁘지 않은 작가도 있음을 알았습니다.

지난 주말에도 '당신의 강릉'에서 행사가 있었습니다. 브런치 최초로 고등학생 신분으로 대상을 받고 《삼파장 형광등 아래서》를 출간한 노정석 작가님과 《체육복을 읽는 아침》이란 책을 출간한 이후, 전국 일간지에 소개되며 이제는 어엿한 작가로 인정받는 이원재 선생님 (직접 여쭤보니, 선생님이란 호칭이 가장 좋으시답니다.)이 초대 작가였습니다. 두 분의 책을 모두 가지고 있었던 저는 저자 사인을 받기 위해 서점에 가기로 했습니다. 배우자 H와 아이는 강릉에 있는 네온사인 공방에 간다고 하여 데려다주고, 저는 몇 시간의 자유시간을 허락받아, 햇살 좋은 이른 오후에 여유로운 마음으로 서점을 찾았습니다.

　　서점에는 주인장인 김민섭 작가님과 이원재 선생님, 노정석 작가님 말고도 몇 달 전 '당신의 강릉'에서 같은 행사를 진행하셨던 김승일 시인님도 계셨습니다. 강릉뿐 아니라 멀리 대구, 인천, 용인, 안산에서 일부러 시간을 내어 방문하신 손님들이 한데 어울려 도란도란 이야기를 나누는 정겨운 자리였습니다. 아무래도, 현직 교사인 이원재 선생님이 계셔서인지, 교사분들이 많았는데요. 그 외에도 지역의 대학생이나 수험생을 자녀로 둔 어머님 등 여러분이 찾아 주셨습니다. 모두 책을 사랑하고 타인의 아픔에 공감하는 따뜻한 마음을 가지고 계셨습니다.

　보통은 손님이 새로 오실 때마다 김민섭 작가님이 초대 작가들에 대해 간단한 소개를 하시고, 작가님들이 인사말을 하셨습니다. 그리고 손님들에게 찾아오시게 된 이유나 경로를 물으며 대화를 풀어나갔는데요. 그런데, 갑자기 김민섭 작가님이 저를 지목하며 '당신의 바다'에서 책을 출간한 '작가님'이라고 소개하셨습니다. 순간 당황했지만, 짐짓 자연스러운 척하며 제 소개를 이어갔습니다.

　"제가 '당신의 바다'를 통해 독립출판물을 출간한 건 맞지만, 작가라고 불리는 건 너무 창피하네요. 오늘은 작가님들이 본인의 책을 한 권씩 나눠 주시는 행사지만, 저는 두 분 작가님의 책을 모두 가지고 있어서 책에 사인도 받고, 오히려 작가님들에게 제 책을 선물하면 재미있을 것 같아서 방문했는데요. 뜻하지 않게 작가라고 소개를 받았으니, 여기 계신 분들에게 제 책을 한 권씩 선물해 드려도 될까요?"

　그리고, 서점에 비치된 제 책을 구매하여 자리에 계신 작가님들과 시인님, 세 분 포함해서 전부 여덟 분께 선물했습니다. 다행히 모두 흔쾌히 받아 주셨습니다. 저자 사인을 요청하셔서 한사코 거절하다가 결국 멋쩍게 사인하며, 세 번째 공저도 준비 중이니 잘 부탁드린다고 농을 던졌습니다. 덧붙여, 다시 한번 작가라는 호칭이 쑥스럽다고 말씀드리니, 김승일 시인님께서 사뭇 진지한 얼굴로 말씀하셨습니다.

"어색하게 느끼실 필요 없으십니다. 이미 작가이십니다."

순간, 단춧구멍만 한 제 눈이 슈트가 아닌 와이셔츠 단추만큼 커졌을 때, 노정석 작가님이 이어서 말씀하셨습니다.

"작가라는 건, 정체성이라고 생각해요. 본인이 작가의 정체성을 가지고 계속 쓰고 있다면, 누가 뭐라고 하던 작가입니다. 저도 손지훈 작가님이 어디서든 작가라고 당당히 이야기하셨으면 좋겠어요."

후~. 몸 둘 바를 모르겠더군요. 얼른, 다른 분들에게 화제를 돌렸지만, 그 순간의 기억이 오래도록 가슴에 남을 거란 걸 알 수 있었습니다. 비록, 그날 저녁 H에게 "나 작가인가봐."라고 수줍게 고백했을 때, (본인은 결단코 아니라고 우기지만) '킁'하고 살짝 코웃음치는 걸 보긴 했지만 말입니다.

공방이 끝나서 언제 오냐고 묻는 아이와 H에게 아쉬운 마음에 혹시 작가님들과 그 가족분들이랑 저녁 식사를 같이 하면 어떨지 물어봤습니다. 다행히, 동의를 얻어 김민섭 작가님께 여쭤보니, 작가님들과 조촐한 식사 자리를 가지기로 했으니, 괜찮으시면 같이 하자고 하셨습니다. 원래, 당일치기로 강릉 여행을 계획하였으나, 부랴부랴 숙소를 잡고 약속 장소인 '엄지네 포장마차'에서 맛있는 음식과 못다 한 이야기를 나누며 정말이지 오랜만에 행복한 시간을 가졌습니다.

'당신의 강릉'은 23년 4월 1일에 문을 열었습니다. 이제까지 방문한 횟수를 헤아려보면 지난주를 포함하더라도 열 번이 채 안 됩니다. 하지만, 돌아보니 저에게 여러 가지 추억과 의미가 켜켜이 쌓여 있습니다. '유퀴즈' 이전, 맥도널드에서 일하는 대학 강사로 신문에 소개되며 김민섭 작가님이 세간에 알려진 이후로, 꾸준히 그의 책을 사서 읽고 다음 책을 기다리는 팬이 되었습니다. 그리고, 작가님이 강릉으로 이주하고 서점을 연다고 하셨을 때, 응원의 의미로 작가님이 쓰신 거의 모든 책을 가지고, 오픈 시간에 맞추어 서점을 찾았는데, 우연찮게 서점의 공식 1호 손님이 되었습니다.

그때 작가님을 처음 뵙고, 보통 사람들의 이야기를 독립출판으로 출간하신다는 이야기를 들었습니다. 개인적으로 작가님에게 작은 도움이라도 될까 싶어 프로젝트에 참여하게 되었는데, 오히려 제가 큰 도움을 받았습니다. 제가 좋아하는 작가님들에게 '작가'라는 과분한 소리도 들었으니까요. 솔직히, 지금도 김민섭 작가님과 큰 친분이 있다거나, 깊은 우정을 나누는 사이라고 말씀드릴 수는 없을 것 같습니다. 그저 가벼운 교류를 이어가는 중이라고 할 수 있겠네요. 그렇지만, 제가 사랑하는 이 공간이 오래도록 문을 닫지 않고, 영업을 이어가면 좋겠습니다. 모든 것이 빠르게 변하고, 가게들도 금방 생겼다가 없어지지만, '당신의 강릉'이 사람과 문학과 책을 사랑하는 이들의 소중한 안식처로 남아 주기를 기대합니다.

손지훈의 글

노동

고됨의 가치

사랑하는 배우자 H는 주변에 저를 소개할 때, 늘 이렇게 덧붙입니다. 우리 지훈이는 딱 한량 스타일이라고요. "친구도 안 만나, 골프나 낚시 하다못해 핸드폰 게임 같은 취미생활도 따로 없어, 술도 잘 못 마시는 알코올 쓰레기, 시쳇말로 '알쓰'라 돈도 거의 안 쓰고, 그저 책 몇 권이랑 유튜브(뮤직)만 있으면, 음악 들으며 책을 읽거나 동영상 강의를 보는 것만으로도 충분히 행복한 사람이라, 결혼 안 하고 혼자 살았으면 스트레스받지 않고 편하게 잘 살 텐데, 이제는 가족을 위해 돈 버느라 놀지도 못 한다."며 애틋한 마음을 표현하기도 합니다. 예전에 서울서 맞벌이를 할 때는 이런 말을 안 했던 것 같은데, 아마도 지방으로 이주한 후에 전업주부가 되면서 외벌이 가장에 대한 측은지심이 생겼나 봅니다.

하지만 딱히, 그럴 필요도 없는 게 저희 부부는 둘 다 일을 통하여 자아실현을 하는 것과 거리가 아주 먼 사람들이고, 직업은 그저 성인으로서 독립적인 삶을 살기 위해 최소한의 돈이 필요하므로 어쩔 수 없이 가져야 하는 것일 뿐, 그 이상의 의미가 없습니다. 최근 많이 나아졌다고는 하지만 남녀 간 임금 격차가 아직 남아있는 세대로서, 현 상황에서 저의 수입이 좀 더 나으니, 그냥 제가 밖에서 일을 할 뿐입니다.

더구나, 저는 아이를 낳아 건전한 사회 구성원이자 경제적으로 자립할 수 있는 성인으로 양육하여 독립시키는 일이 세상 그 무엇보다 가치 있는 일이라고 생각합니다. 그건 우주에 인공위성을 보내거나 비료 등을 개발하여 인류를 기아에서 구원하는 일에 비견될 만큼 훌륭하지만, 한편 어려운 일이라고 생각합니다. 돈이라는 게 참 우스워서 씀씀이를 떠나 늘 부족하기 마련인데, 외벌이 수입에 맞춰서 가정 경제를 꾸리고 저축까지 하며, 아이를 잘 키워주는 H에게 그저 감사할 따름입니다.

감사한 마음은 진심이지만, 경쟁의 극한을 달리는 한국

사회에서 돈을 벌기 위해 일을 해야 하는 것은 저 같은 보통 사람에게 쉽지 않은 일입니다. H의 말마따나 저는 태생이 한량이라 고등학생 때부터 최근 유행했던 '파이어족'을 꿈꿨습니다. 20대 중반까지 중2병을 꽤 오랫동안 앓았던 한심한 녀석이었는데, 그때는 제가 무조건 잘될 거라는 근거 없는 확신에 빠져 있었습니다. 나의 숨겨진 재능을 알아봐 주는 귀인을 만나서, 젊은 나이에 엄청난 성공을 이룬 뒤에 남은 대부분의 삶을 여유롭게 놀면서 지낼 거란 착각 속에 살았습니다.

영화감독을 꿈꿨던 저는, 스크린쿼터를 지켜야 한다며 배우와 감독들이 삭발하던, 한국 영화 산업의 생존마저 불투명한 절실했던 시기에, 칸 영화제에 화려하게 데뷔하여 부와 명예를 한 번에 손에 쥐겠다는 망상을 했습니다. 결국, 그 꿈은 먼 훗날 천재 봉준호 감독님이 대신 이뤄 주셨지만, 그때는 적어도 넥타이를 매는 평범한 회사원은 되지 않겠다고 다짐하곤 했습니다. 한마디로 사회의 냉정함을 몰랐던 거죠. 하지만, 계절이 바뀌듯 자연스럽게 취직해야 하는 나이가 되었고, 다행히 잠실에 멋진 사옥이 있는 중견 회사에 간신히 취직할 수 있었습니다.

취업에 성공한 2005년도만 하더라도 사원증을 매고 다니는 회사가 그리 많지 않았습니다. 직원들끼리 개 목걸이라

부르면서 폄하했지만, 사실 힘겨운 취업시장에서 살아남았다는 자부심도 있었기 때문에 점심시간이면 한 손에 아메리카노를 들고 당당히 사원증을 매단 채 잠실의 높은 빌딩들 사이를 거닐었습니다. 돌아보면 운이 정말 좋았습니다. 그런데, 당시에는 이것이 나의 노력에 대한 당연한 보상이라고 생각했습니다. 몸을 쓰는 힘든 일은 노력하지 않은 자들의 몫이라고 철석같이 믿었습니다. 하지만, 세월이 지나, 직접 육체노동을 겪고 나서야 그게 잘못된 편견이라는 걸 깨달았습니다.

직장생활을 하던 십수 년 동안, 몇 번의 이직을 거듭하며 연봉이 계속 올랐습니다. 성공적인 경력 관리를 한다고 믿었지만, 진득함이 부족했던 탓일까요? 마흔 살이 되기도 전에 구조조정의 칼날을 피하지 못했습니다. 업무능력에 자부심이 있었던 저는 스스로 도태되었다는 걸 도저히 인정할 수 없었습니다. 기대와 현실이 어긋나는 순간 좌절이 찾아왔고, 인생에서 다시는 돌이키고 싶지 않을 만큼 시련의 시간이 일 년 남짓 계속되었습니다. 기존 업무에서 배제되었고 팀 내 직책을 부여받지 못해 후배에게 업무 지시와 질책을 받아야 했습니다. 상시구조조정을 하는 회사였고, 필요 없다고 여겨지면 30대 초반의 대리마저 내보내는 기업문화가 있었습니다. 인사팀에서 직접 연락받진 않았지만, 제 순서가 멀지 않았다는 걸 느꼈습니다. 하지만, 애매한 나이와 직급 탓에 대기업으로의 이직은 힘들었고, 중소기업으로 옮긴다면 연봉이 절반 가까이 줄어드는 상황이었습니다. 양가 모두 한 달 벌어, 한 달 먹고 사는 집안들이라 부모님께 기댈 만큼 여유가 있는 환경도 아니었습니다. H가 직장에 다녔지만, 외벌이로는 서울 생활이 힘들었습니다. 이러지도 저러지도 못한 채, 지옥 같은 하루하루를, 그저 버티며 살고 있을 때, 지방에서 사업 제안이 들어왔습니다. 깊은 고민 끝에 저희 부부는 자의 반 타의 반으로 지방 이주를 결정했습니다.

경력을 인정받아 투자받을 수 있었고, 자연스레 동종업계에 몸담았지만, 맡은 업무는 큰 차이가 있었습니다. 그동안은 업무 FLOW 상, 상단 부분에 있는 상품을 수입하는 사무직이었다면, 새로 시작한 사업은 하단에 위치한 소비자에게 직접 판매하는 업체에 상품을 배송하는 노동직이었습니다. 물론, 사장이었기에 처음엔 직원을 뽑아 업무를 맡겼지만, 사업이 어느 정도 자리 잡기 전까지는 사장이라고 뒷짐만 지고 있을 정도로 형편이 녹록지 않았습니다. 난생처음 1톤 탑차를 몰았습니다.

인구가 밀집된 수도권과 달리, 지방은 거래처들이 너무나 멀리 떨어져 있어서 한번 물건을 싣고 나가면 기본적으로 4~500킬로미터는 운전해야 합니다. 더군다나, 대기업처럼 물류 인프라가 제대로 갖춰지지 못한 상대적으로 영세한 중소업체와 거래를 하므로 거래처에 도착하면 수십 박스를 일일이 손으로 날라야 합니다. 이전 책에도 썼지만, 이건 도저히 말로 설명할 수 없을 만큼 힘이 듭니다. 직접 해봐야 알 수 있습니다. 하루에 수백, 수천 박스를 나르는 택배 상, 하차 야간 아르바이트가 힘들다는 말은 쉽게 하지만, 그 힘든 일을 하루, 이틀 또는 길어야 한 달 하는 것과 직업으로 삼아 매일 하는 건 완전히 다릅니다. 14년 정도 사무직을 했었고, 현재 이 일을 5년째 하고 있는데, 제 경험으로만 비추어 보자면 "사무직의 정신적 스트레스 vs 노동직의 육체적 고통"은 후자의 압도적인 승리입니다.

어떤 이들은 이렇게 말합니다. "저것 봐라. 학창 시절에 공부 안 하고 노력하지 않으면, 저렇게 힘든 일이나 하고 살아야 한다." 참 저열한 말입니다. 세상엔 아무리 노력하고 열심히 살아도 여러 가지 사정과 개개인의 형편에 의해 힘든 일을 해야 하는 사람이 많습니다. 그리고 세상엔 꼭 해야 하는 일들이 있습니다. 모두가 유튜버를 하면, 도대체 구독자는 누가 될까요? 다들 시원한 에어컨 바람을 쐬며 사무실에서만 일한다면, 수십 미터 높이의 고압 전신주에는 누가 올라갈 것이며, 아파트는 누가 짓고, 똥은 누가 치우겠습니까?

그럼 또 어떤 사람들은 이렇게 반박합니다. 지금은 바야흐로 인공지능 시대다. 기술 발전은 인간을 육체노동에서 해방해 줄 것이다. 곧 있으면 로봇의 시대가 도래할 텐데, 너무 철지난 주장 아니냐. 그런 분들에게 말씀드리고 싶습니다. 로봇의 상용화 같은 소리는 접어 두시라고요. 이미 로봇 기술은 인간이 할 수 있는 일의 모든 걸 대체할 만큼 개발 되어있으나, 자본은 가치판단의 기준 없이 오직 이윤만 추구하는 방향으로 움직이므로, 3D직종의 로봇 상용화 비용이 인건비보다 싸지지 않는 이상, 절대로 그런 시대는 오지 않을 것입니다. 지금 한국에서도 물류 창고의 상, 하차 업무는 인건비가 저렴한 외국인 노동자로 대체되고 있습니다. 덕분에 그 일을 하던 한국인 노동자의 임금이 깎이고, 일자리를 잃게 되었습니다.

제가 생각하는 해결 방법은 '고됨의 가치에 합당한 보상을 지불하자.'입니다. 현재, 우리 사회는 소득 분배 시, 고등학교 성적이 너무나 큰 비중을 차지합니다. 그리고, 학창 시절 몇 년간의 노력으로 평생 고소득을 보장받아야 하는 게 당연하다는 인식이 만연해 있습니다. 물론, 그들의 노력은 존중받아야 하고, 심적으로 이해도 됩니다. 하지만, 지금처럼 꼭 해야만 하는 일의 비용을 착취 수준으로 육체노동자에게 전

가한다면, 자본은 인간이 육체노동으로부터 해방되는 걸 허용하지 않을 것입니다. 결국, 아주 소수의 사람만 편한 세상을 살고, 나머지 다수는 계속 힘든 일을 해야 합니다. 학벌마저도 자본에 의해 만들어지는, 점점 양극화되는 세상에서 누구도 '난 절대로 그 자리에 가지 않을 것'이라는 장담은 하기 힘들 것입니다.

사실 이제는 직원들이 있어서 제가 더 이상 배송을 하지 않아도 회사는 돌아갑니다. 오히려, 직원들. 특히, 저보다 띠동갑 이상 연세가 많으신 이사님은 제가 탑차를 몰고 나가면 매우 불편해하십니다. 배우자도 썩 좋아하는 눈치는 아닙니다. 그래도, 저는 가능하면 탑차를 타려 합니다.

사는 동안 일정 강도 이상의 육체노동을 반드시 하고 싶다. 나처럼 부족한 사람은 그래야 겸손해지고 타인의 처지를 돌아보게 된다.
김민섭,《당신은 제법 쓸만한 사람》

비정규직으로 지방대 시간강사를 하면서, 가장으로서 가족의 의료보험 혜택을 받기 위해 맥도널드 아르바이트를 해야 했고, 이러한 대학의 현실을 세상에 알렸다는 이유로 대학을 나오게 되어 대리운전으로 생계를 유지하면서도 꾸준히 책을 출간해서 이제는 제법 널리 알려진 김민섭 작가의 최근 작중 한 문장입니다.

　현재 하는 사업이 앞으로 얼마나 성장할지, 그래서 얼마나 많은 돈을 벌 수 있을지 잘 모르겠습니다. 예상보다 큰 부자가 될 수도, 혹은 망할 수도 있겠지요. 앞날은 모르는 거니까요. 아침마다 거울을 보면서 긍정적인 미래를 꿈꾸고, 기분 좋게 돈을 쓴다고 부자가 될 수 없다는 걸, 경험으로 아는 나이가 되었습니다. 아마도 회사의 경영자로서 추측하건대, 평생을 사치하면서 놀고먹을 수 있을 만큼의 부는 이루지 못할 겁니다. 그래도, 워낙 단출한 생활과 자녀 교육에 많은 투자를 하지 않는 성향상, 한량의 꿈은 이룰 것으로 예상합니다. 하지만, 은퇴하더라도 어린 시절 생각과는 달리, 일주일에 3일은 죽는 날까지 '노동'을 하려고 합니다. 그게 꼭 생계를 위해서가 아니라, 미약하더라도 우리 사회에 보탬이 되는 일이었으면 좋겠습니다. 그리고, 나머지 4일은 꼭 놀고먹고 싶습니다.

손지훈의 글

투표

투표와 휴일

　20대에는 '정치에 관심이 없는 나'를 쿨하고 멋지다고 생각했습니다. 최초로 투표권을 행사한 건 군복무 시절입니다. 아마 그전에도 선거가 있었을 텐데, 재수한다는 핑계로 소중한 참정권을 날려버렸던 것 같습니다. 도무지 기억에 없습니다. 어쨌든, 첫 투표는 군대에서 했는데, 쿨하고 멋진 나를 유지하기 위해선 당당히 투표를 거부해야 했으나, 당시 육체적인 폭력과 욕설이 난무하던 군대에서 도저히 그럴 용기가 없었으므로 투표장에 들어가 투표 칸이 아닌 여백에 도장을 찍어 사표를 만들고, 스스로 정체성을 지켰다며 혼자서 뿌듯해했습니다. 꿈꿔 왔던 삶과는 달랐지만, 어렵게 취업에 성공하고 사회생활을 시작한 이후에도 술 마시고 연애하느라, 이런저런 핑계를 대며 투표일을 임시 휴일 정도로 여기고 놀러 다녔습니다.

아무것도 모르니까 중요한 일을 맡길 수도 없으니, 무슨 실수를 하더라도 애교로 봐주던 신입사원 시기를 보내고, 연차가 쌓일수록 비중 있는 일을 맡고 업무로 평가를 받게 되면서 회사 동기들 사이에도 격차가 발생하기 시작했습니다. 올라갈 놈, 자리만 겨우 지키다가 결국 잘릴 놈, 도태되어 곧 잘릴 놈. 인정하기가 싫었지만, 저는 세 번째 유형이 가까웠습니다. 지금은 나이를 먹고 체력이 약해져서 술을 거의 마시지 않고, 간혹 술자리가 생기더라도 다음 날 숙취가 두려워 절대 취하지 않도록 조절하지만, 당시의 저는 젊은 혈기에 술이 술을 먹던 때라 술버릇이 고약했습니다. 블랙 아웃도 많았고요. 초반 굳어진 이미지를 바꾸기가 정말 어렵더군요. 그래서, 과감히 이직을 감행했습니다. 그리고, 완벽히 신분 세탁을 했습니다.

주사를 완전히 고친 건 아니었지만, 이직한 직장에서는 업무 능력을 크게 인정받았기 때문에 문제가 되지 않았습니다. 잠시, 하늘의 별도 따낼 수 있다는 착각에 빠질 만큼 맡은 프로젝트마다 성공했고 사내를 비롯하여 업계 내 평판이 올라갔습니다. 올라갈 놈이란 소리를 들었습니다. 하지만, 일이라는 게 노력은 기본값이고, 시황과 경기에 따라 인력으로 할 수 없는 부분도 생기더군요. 똑같이 최선을 다했지만, 어느 순간부터 상황이 급속도로 나빠졌습니다. 다시 도태되어 곧 잘릴 놈으로 돌아갔습니다. '내가 여기까지 어떻게 올라왔는데. 흙수저까진 아니지만, 좋지 않은 가정형편에서 남들이랑 비슷하게라도 살아보려고 얼마나 노력했는데. 이렇게 나락으로 갈 수 없다.'며 처절하게 몸부림쳤습니다. 하지만, 안되더군요. 이미, 대기업에는 제 자리가 없었습니다. 세상에 노력으로 극복할 수 없는 부분도 있다는 걸 새삼 깨달았습니다. 코 앞으로 닥쳐온 마흔이라는 나이. 결혼했고, 아이가 있을 때라 어떻게 해야 가정을 지킬 수 있을지 고민했습니다. 결론적으로 또 어찌어찌 살아남긴 했지만, 그때부터 세상을 바라보는 시각이 달라졌습니다.

작은 성공이라도 손에 쥘 수 있을 거란 희망이 있을 때만 하더라도 저는 성과 지상주의에 빠진 지독한 자본주의자였습니다. 하지만, 절실한 노력에도 불구하고 실패할 수 있다는 걸 몸소 경험한 이후에 현재 우리 사회를 지배하는 신자유주

의에 대해 의문을 가지기 시작했습니다. 세상은 스스로 바뀌고 노력하면 무엇이든 이룰 수 있다고 선전하는데, 사회 속의 저는 무력하고 연약한, 보호받지 못하는 개인일 뿐이었습니다. 우리가 흔히 평균이라고 부르는 삶을 위해 단 한 번의 실패도 용납하지 않는 사회에서 과연 내가 할 수 있는 게 무엇일지 고민했습니다. 아무리 생각해 봐도 결론은 투표로 귀결되었습니다.

사장들의 사장으로 각광받는 기업인 김승호 회장은 몇 권의 자기계발서를 출간했습니다. 그분의 주장 중 일부 세세한 부분에 이견이 있습니다만, 삶에 임하는 태도에는 깊이 공감하며 배우려고 노력하고 있습니다. 김승호 회장의 저서 《알면서도 알지 못하는 것들》의 〈4장 2. 결국 우리는 동지의 침묵을 기억할 것이다〉라는 꼭지 부분에 투표 이야기가 나옵니다.

"정치가 우리 삶을 얼마나 강력하게 지배하는지, 정치권력을 가진 사람이 마음먹기에 따라 나의 노력이 송두리째 사라지거나 빼앗길 수 있다"며 투표가 얼마나 소중한 권리인지에 관해 설명합니다. 그는 말합니다. 정치에 대한 고의적 무관심이 계속될 때 사회에는 불평등이 만연해지고, 투표일을 휴일로 보내는 사람은 평생을 휴일로 보내려는 사람들의 지배를 받게 된다고요. 그리고 평생 모든 투표에 한 번도 빠지지 않기를 권합니다.

제가 생각하는 바른 투표와 참정권의 행사는 간단합니다. 혹시 사표가 되면 어쩌나 걱정하지 말고, 지연·학연·부모님의 뜻에 따르지 말고, 본인의 객관적인 상황과 가치관에 맞는 정책을 주장하는 정당을 주체적으로 선택하는 것입니다. 그리고, 나아가 주변 사람들에게 자기 생각을 솔직하게 피력하는 것입니다. 우리나라는 정치 이야기만 나오면 대개 싸움이 나기 때문에 대화 자체를 피하는 경향이 심한데, 그러면 세상은 좋은 방향으로 변하지 않습니다. 절대 싸우지 말고, 상대방의 주장을 존중하며 조곤조곤 내 생각을 이야기해야 합니다. 설득하지 않으려 한다면 거짓말입니다. 건전한 토론의 자세가 필요합니다. 언론의 여론몰이나 정치인의 사탕발림에 속지 말고, 의심해 봐야 합니다. 그리고 진짜 나에게 도움이 되는 정책이 뭔지 곰곰이 생각해 봤으면 좋겠습니다.

전체 백 명의 사람 중에 열심히 노력하여 열 명안에만 들면 성공이 보장된 사회에서, 성공한 열 명이 될 자신이 있거나 실패를 담담히 받아들일 자신이 있다면 선택할 정당이 있을 것이요. 내 노력의 결실을 좀 나누더라도 소수의 성공보다는 다수의 행복을 바란다면 또 다른 선택지가 있을 것입니다. 하지만, 여기서 잊지 말아야 할 한 가지가 있습니다. 성공한 사람 열 명이 차지하게 될 자리 중에 일고여덟 자리는 이미 그들만의 리그로 채워져 있음을 기억해야 합니다.

우리나라는 민주주의적 절차를 통해 대통령 탄핵의 경험까지 있는 성숙한 민주주의 시스템이 갖춰진 국가입니다. 최소한 다른 사람의 의견을 존중하고, 자기주장을 고집하지 않는 겸손한 사람에게 투표만 하더라도 우리의 삶이 지금보다 더 나빠지지는 않을 것입니다.

손지훈의 글

OTT

은퇴 후 여가

    지금은 주 5일 일을 하고 주말에만 쉬고 있지만, 경제적 자유를 얻게 된다면 일주일에 3일만 일하고 4일은 놀고 싶습니다. 사실 지금도 H가 주말 중 하루 정도는 온전히 휴식할 수 있도록 배려해 주지만, 개구쟁이 초등학교 3학년 아이의 아빠로서 어디든 가족과 함께 나가려 하는 편이라, 혼자만의 시간은 늘 부족합니다. 하지만, 일하기 싫어하는 저에게 H가 해준 명언인 '나이 더 먹으면(지금도 늙었다), 일하고 싶어도 아무도 안 써준다. 할 수 있을 때 열심히 일해라.'를 깊이 새기고, 언젠가 찾아올 은퇴 후를 기약합니다.

은퇴 후를 생각하면, 가슴이 두근두근합니다. 넘쳐나는 시간을 어떻게 보낼지를 떠올리기만 해도 벌써부터 기분이 좋아집니다. 아이는 스무 살이 넘으면 본인의 인생을 사느라 바쁠 테고, 아마 제 곁엔 H만 남아있겠지요. 하지만, 아무리 사랑하는 H라도 24시간 내내 붙어 있다면 행여 다툴 수도 있으니, 각자만의 시간이 필요할 것입니다. 친구가 별로 없는 저는 행복한 노후를 위해 혼자서 잘 노는 방법을 터득해야 합니다.

독서가 유일한 취미생활인 저는 은퇴 후 여가를 위해 아껴 놓은 게 두 가지 있었습니다. 그중 하나가 TV에 연결하여 조이패드로 조작하는 게임기인 '플레이스테이션'이었는데요. 얼마 전, 아이의 생일 선물로 사주고 말았습니다. 잡기에 유난히 취약한 제가 이십 대에 유일하게 재미를 붙여서 즐겨 하던 게임이 'FIFA 시리즈'와 'NBA LIVE'였습니다. 은퇴 후에 추억을 더듬으면서 하루에 한두 시간씩 하려고 참아왔는데, 우리 집엔 친구가 놀러 와도 할 게 없다는 아이의 불만에 지갑이 열리고 말았습니다. 평소 자질구레한 것에도 절약을 강조하는 H도 이상하게 전혀 반대하지 않더군요. 역시, 고가의 선물은 제 용돈을 모아서 구매하는 게, 가정의 평화를 위해서 좋은 일이구나 생각했습니다.

마지막까지 아껴 놓은 한가지는 바로 OTT입니다. 사실,

유튜브 프리미엄은 구독 중입니다만, 유튜브 뮤직으로 음악을 듣기 위해 주로 활용하며, 동영상은 짬짬이 뉴스나 잠들기 전에 침대에 누워 인문, 경제 관련 강의만 잠깐씩 봅니다. 충분한 시간이 주어졌을 때, 정말 보고 싶은 건 영화와 예능 프로, 그리고 드라마입니다. 그래서, 티빙이나 넷플릭스 등은 구독을 미루며 참고 있습니다. 한번 보기 시작하면 일상생활에 영향을 줄 만큼 보고 싶은 콘텐츠가 너무나 많기 때문입니다. 20대 초반 '일드'와 '미드'를 다운받아 보며, 밤을 꼴딱 새워 강의 시간 내내 졸았던 기억이 선명한데요. 몇 번쯤 실패하더라도 또다시 기회가 주어졌던 그때와 달리, 40대 중반인 지금은 책임져야 할 것도 많고, 새로운 기회를 보장받을 수 없으므로 현재를 유지하고 최선을 다하기 위해 시간 낭비를 할 수 없습니다.

국민학교 6학년 때 야한 영화인 줄 알고 부모님 몰래 봤다가 욕구를 전혀 충족시켜 주지 못해 실망했지만, 의외로 재미있어서 몇 번을 돌려보며 저를 로맨틱 코미디의 세계로 이끌었던 로브 라이너 감독의 《해리가 샐리를 만났을 때》를 필두로, 그 영화의 각본가로서 당시 맥 라이언을 로맨틱 코미디의 여왕으로 각인시키는 데 일조한 노라 에프론 감독의 《시애틀의 잠 못 이루는 밤》까지 저의 십대를 지배했던 영화들은 셀 수가 없습니다. 지금 다시 보면 좀 유치하지만, 중학생이었던 그때 감성에 눈물을 펑펑 흘리며 감동했던, 엔니오 모리꼬네의 OST가 너무나 좋은 《러브 어페어》, 여드름투성이로 여자 친구들에게 인기 하나 없던 저에게 대학에 가면 반드시 저런 상큼하고 풋풋한 사랑을 하고 말 거란 다짐을 하게 했던 《비포 선라이즈》도 있습니다. 워킹 타이틀의 영화들도 빼놓을 수 없겠네요. 《노팅 힐》, 《러브 액츄얼리》, 《어바웃 타임》까지, 돌아보니 이십 대의 저는 사랑에 관해 판타지가 있었네요. 사랑하는 H와 살고 있는 저는 공상을 현실로 만든 성공한 남자였습니다. (쿨럭)

　　삼십 대에는 영화보다 예능프로를 사랑했습니다. 《꽃보다 할배》 시리즈로 부족한 해외여행 경험과 《윤식당》을 보며 (사랑의 판타지를 이미 충족한 저에게 남은) 해외 거주와 한가로운 단순노동의 판타지를 대리 만족했습니다. 더욱 현실적인 노후의 전원생활도 《삼시 세끼》를 통해 미리 즐겨 봤습니다. 그리고 보니, 제 여가 시간의 상당 부분은 나영석 피디의 작품들을 보며 지냈네요. 그리고, 사십 대가 된 지금 아껴가며 '정주행'하지 않고, '유튜브 짤'로만 가끔 훔쳐보는 드라마가 있습니다. 신원호 피디의 《응답하라》 시리즈와 《슬기로운 의사생활》, 그리고 아이유를 다시 보게 된 《나의 아저씨》 등. 늘어놓으니, 이걸 도대체 언제 다 보나 싶네요. 하지만, 걱정하지 않습니다. 그때는 남는 게 시간일 테니까요.

은퇴 후 일상을 그려봅니다. 지금처럼 새벽 다섯 시에 일어납니다. 사십 년간 그랬듯이 아침 식사는 하지 않습니다. 아침잠이 많은 H가 일어나기 전에 KBS 클래식FM을 들으며 독서를 하고, 단 한 명이라도 읽어 주길 바라며 무언가를 씁니다. 차분한 오전 시간을 보냅니다. 10시쯤 H가 일어나면 슬슬 점심 준비를 합니다. 이십 년 넘는 시간 동안 차려진 밥상을 받았으니, 남은 삶 동안 H는 주방 출입 금지입니다. 저의 오랜 다짐입니다. 파스타, 샐러드나 김밥, 비빔국수 등 간단한 메뉴로 준비합니다. 설거지를 최소화하기 위해서요. 식사하며 그날 오전에 읽고 쓴 것들에 대해 H의 의견을 듣습니다. 식사 후에 간단한 집안일을 합니다. (화장실) 청소와 빨래, 분리수거 등. 다림질은 워낙 서툴러서 하지 않습니다. 그래서, 구김이 자연스러운 링클 셔츠나 티셔츠를 즐겨 입습니다. 청소도 날을 잡고 하기보다는 매일 조금씩 해서 정돈된 상태를 유지합니다.

드디어, 고대하던 OTT 시간입니다. H와 같이 봐도 좋고, 혼자 봐도 좋습니다. 혼자 보더라도 저녁 식사 후 산책을 할 때, 재미있게 이야기해 줄 자신이 있으니까요. 두 시간 남짓 영상 콘텐츠를 즐긴 후에 이른 저녁 식사를 준비합니다. 저녁은 역시 고기여야 합니다. 단백질 보충을 위해서요. 그리고, 우리가 꼭 함께 할 저녁 산책을 합니다. 해 질 무렵까지 소소한 일상의 대화를 나누며, 살짝 땀이 날 만큼 걷습니다. 저희 부부는 둘 다 말이 아주 많아서 서로 말하느라 절대로 이야기가 끊길 일이 없을 겁니다. 어쩌면, 걷기보다 말하기에 칼로리가 더 소비될지도 모릅니다. 집에 돌아오면 저는 잠자리에 들 준비를 합니다. 코골이가 심한 저 때문에 그때도 각방을 쓸 테니, "내일 아침에 만나."라고 저녁 인사를 한 후에 여덟 시쯤 제 방에 들어갑니다. 그럼, 저녁형 인간인 H는 자기만의 시간을 보내겠지요.

조금은 무료한 일상입니다. 그래도, 직장생활 할 때 매일 사 먹는 밥이 지겨워 종종 '학식'이 그리웠던 것처럼, 담백하고 심심한 일상이 바탕이 되어야 가끔 즐기는 여행과 맛집 탐방 같은 이벤트가 더 즐겁다는 걸 이제는 잘 알고 있습니다. 그런데, 막상 써놓고 보니, 이건 짝퉁 '무라카미 하루키' 같네요. 창의성이 부족합니다. 역시나, '하루키스트'임을 숨길 수가 없네요. 저는 어쩔 수 없는 '하루키스트'인가 봅니다. 저와 같은 미래를 꿈꾸는 전국의 수많은 '하루키스트'들의 공감을 기대하며 이 글을 마칩니다. 그날이 어서 오기를 바랍니다.

손지훈의 글

임자

내 삶의 66%

66퍼센트는 꽤 높은 비율이다. 반인 50%를 넘어섰으니까. 나는 한 사람을 내가 살아온 생의 66% 동안 사랑했다. 앞으로 그 비율은 점점 높아질 것이다.

열다섯 살. 사랑이 뭔지도 모르면서 사랑을 느꼈다. 나의 머리와 가슴 100%에 그가 가득 자리했다. 100%가 200%로, 200%가 300%로 바뀔 때 내 가슴이 터질 거 같아 그에게 고백했다.

"저기요. 여기."

부끄러워서 들릴까 말까한 소리로 그의 앞에 서서 편지를 내밀었다.

"이게 뭐야?"

학교가기 위해 버스를 기다리는 그의 앞에 편지를 내밀고 후다닥 버스에 올랐다. 나의 존재를 모르고 있던 그에게 처음 나를 알리는 순간이었다. 왜 그가 좋았는지 모르겠다. 그의 이름도, 그의 나이도, 그에 대해서 아무것도 모르면서 그냥 그가 좋았다. 사춘기, 누구와 함께 있어도 약간씩 외로움을 느낄 때, 버스 안에서 혼자 있는 그가 자꾸 눈에 들어왔다. 나처럼 외로움을 느끼는 것 같아 보여서 끌렸을까? 네 살 많은 그는 내가 철없고 순진해 보였나 보다. 상처주고 싶지 않아 내가 하는 대로 그냥 내버려 두었다고 한다. 편지를 주면 편지를 받고, 선물을 주면 선물을 받고, 그러다 가끔 그는 학교 마치고 집에 가는 나를 기다려 꽃다발을 주기도 했다.

그러던 어느 날, 그가 군대 간다고 소식을 전했다. 우리는 만날 수 있는 날보다 만날 수 없는 날이 훨씬 더 많았다. 그는 군대를 갔고 제대 후 취업을 했다. 나는 학생이라 입시를 준비하느라 바빴다. 지금처럼 핸드폰이 흔했던 때도 아니었고 그 당시 친구들이 가지고 있던 삐삐 마저도 나는 없었다. 우리는 연락이 자유롭지 못했다. 그런 상황에서도 신기하게 종종 우연히 만나게 되었다. 만남과 헤어짐이 반복되는 시간이었다. 눈에서 멀어지면 마음에서도 멀어진다는 말은 나에게 적용되지 않았다.

나는 수능이 끝나 대학에 가기만을 기다렸다. 그러면 핸드폰을 사서 그와 편하게 연락해서 만날 수 있기 때문이다. 싱그러운 초록빛 대학 캠퍼스를 누비고 다니다가 수업이 끝나는 시간에 그를 만나 꽃향기 가득한 봄 냄새를 맡으며 데이트를 하는 상상을 하면 답답한 대입준비가 힘들지만은 않았다. 하지만 나의 바람은 이루어지지 않았다. 보수적인 부모님의 반대로 사귀는 사이도 아닌 우리 두 사람은 헤어지게 되었다. 동생이 부모님께 내가 좋아하는 사람이 있다고 말했다는 걸 알게 되었다. 나의 일방적인 짝사랑임에도 부모님은 걱정이 되셔서 삼류드라마처럼 그를 만나 나와 더 이상 연락하지 않기를 부탁하셨다. 너무 미안했던 나는 그와의 인연을 계속 이어갈 수 없었다.

그와의 이별로 아픈 내 마음과 달리 3월의 대학교는 활기가 넘쳤다. 나는 정신없이 대학교 생활에 적응해가고 있었다. 300% 이상 내 가슴에 가득한 그의 비중은 쉽게 낮아지지 않았다. 나는 간혹 소개팅도 하고, 사귀자고 하던 다른 남자들을 만나기도 했다. 하지만 마음 한쪽에는 늘 그가 있었다. 그를 생각하는 게 버릇이 되었나? 나는 평생 이렇게 그를 그리워하며 살아야 하나? 열다섯 살 때부터 시작된 내 마음의 방향은 고집스럽게도 오직 그에게만 향해 있었다. 하늘만큼 좋아하면 하늘도 어쩌지 못한다고 하던데, 그래서 일까? 대학교 3학년 때 우연히 그를 만나게 되었다. 나는 여전히 그가 좋았지만 그의 마음은 알 수 없었다. 혹시나 하는 두려움에 물어볼 엄두조차 내지 못한 채 아는 오빠와 동생사이로 지냈다.

"우리는 무슨 사이에요?"

애매한 사이로 지내는 이 시간이 너무 힘들었다. 이 애매한 관계를 어떻게든 정리하고 싶었던 내가 그에게 물었다.

"미안해. 내가 부족해서 또 너를 아프게 할까봐. 어떤 말도 할 수 없어. 조금만 기다려줄래?"

나는 9년을 기다린 끝에 그와 사귀게 되었고 그로부터 4년 후 우리는 결혼했다. 첫사랑은 이루어지지 않는다고 했는데 나의 고집스러운 집착이 첫사랑을 이루어지게 만들었다.

여기까지 이야기를 들으면 열다섯 살 순애보사랑이 로맨틱하게 이루어졌다고 생각할 수 있겠지만 그렇지 않다. 철저하게 계산된(?) 결혼이었다. 적어도 내 입장에서는 그랬다. 처음부터 끝까지 그를 순수하게 사랑한 것은 분명하다. 하지만 우리는 서로에게 첫사랑이지 첫 연애상대는 아니었다. 헤어져있는 동안 우리는 크든 작든 몇 명의 연인을 스쳐지나갔고 그 과정에서 연애관이나 결혼관이 생겼다. 나는 평생 존경

할만한 남자를 만나고 싶었다. 책을 읽고 공부를 하며 자기계발을 끊임없이 하는 사람. 그래서 현재는 비록 가난하더라도 얼마든지 일어날 수 있는 사람과 함께 하기를 꿈꿨다.

그는 집안형편이 어려워 고등학교를 졸업하고 취업을 했었다. 다시 만난 그는 무언가를 해보기 위해 서울에 가 있었고 방송통신대를 다니며 동기들과 스터디 모임을 이끌고 있었다. 주중에는 회사에서 일을 하고 주말에는 공부를 병행하며, 자신의 현재의 삶을 더 풍요롭게 하기 위해 두 시간만 자면서 노력하고 있었다. 그리고 자신의 목표를 향해 한 단계씩 성장하고 있었다. 그는 나와 헤어지고 나서 자신의 삶을 돌이켜봤다고 한다. 계속 이렇게 살면 또다시 사랑하는 사람을 잃을 수 있을 것 같아서 자신을 발전시키려 노력했다고 한다. 딱 내가 꿈꾸던 남자였다. 열다섯, 철없을 때 픽한 안목 치고는 꽤 정확했다.

4년의 연애기간동안 참 많이 싸우고 사랑했다. 오랜 짝사랑을 보상받고 싶었던 나는 그가 좀 더 적극적으로 나를 리드해주길 바랐고, 더 열정적으로 나에게 사랑을 표현해주길 바랐다. 하지만 그는 늘 처음과 같았다. 과하게 사랑을 표현하지도 않았고, 적극적으로 나를 리드하지도 않았다. 때로는 눈치 없는 행동과 공감하기 힘든 농담으로 나에게 상처를 주기도 했다. 하지만 변함없이 늘 내 옆에서 나의 이야기를 들어주고 내 꿈을 지지해주는 든든한 연인으로 중심을 잡아주었다.

1995년 3월 14일. 내가 처음 그에게 고백 편지를 준 날이다. 그로부터 10년 후 2005년 3월 12일. 그가 결혼하자고 프러포즈를 한 날이다. 열다섯 짝사랑이 결혼까지 이어질 거라고는 꿈에도 생각해 본 적이 없었다. 우리는 결혼을 했고, 15년의 결혼생활동안 참 행복하고 사랑이 더 깊어지는 시간이었다. 물론 부부가 살면서 어떻게 늘 행복할 수 있겠나?

"너랑 나랑 서로 다른 환경에서 30년 가까이 살았는데 어떻게 똑같을 수 있어? 서로 맞춰가는 거지."

의견이 안 맞아 싸울 때마다 그는 말했다. 그런 그가 멋있고 여전히 나를 설레게 만들었다. 내 마음의 단 한명의 임자는 그다. 임자를 처음 알아봤을 때 내 나이 열다섯 살, 그 열다섯 살 나이만큼 자란 딸과 함께 우리는 추억을 이야기 한다. 내 마음의 임자는 자신을 쏙 빼닮은 딸과 함께 내가 살아갈 생에 비중을 점점 더 늘려가고 있는 중이다.

윤혜림의 글

친구

달콤한 초코라테
그녀

    그녀를 처음 봤을 때, 나는 직감했다. 평생을 친구로 함께 지낼 수 있을 거라고. 물론 혼자만의 생각이더라도 나는 서운해 하지 않기로 했다. 그녀는 살살 녹아내릴 것 같은 초콜릿색 피부를 가졌으며 오똑한 코와 도톰한 입술은 내 입술을 이끌었다. 아주 작은 까만 손을 꼭 쥔 채, 앙칼질 울음소리를 토해내고 있었다. 나는 어떻게 해야 울음을 그치게 하는지 알 수 없었다. 젖을 물려도 그녀는 뱉어내기만 했다. 그 모습이 너무 사랑스러워 어찌 할 줄 몰랐다. 그녀는 나를 사랑에 빠뜨리는 달콤한 매력과 날카로운 울음으로 나를 거부하는 마성의 매력을 가진 초코라테 같았다.

"아가, 엄마 여기 있어. 엄마야 엄마."

그녀는 나를 단숨에 엄마로 만들어버렸다. 엄마는 어떻게 해야 하는지 배운 적도 없는데 엄마의 역할을 부여받았다. 나는 모든 것이 서툴렀다. 울고 있는 아기에게 어떻게 젖을 물리는지도 몰랐고 아기를 안는 방법도 몰랐다. 우는 모습조차 너무나 사랑스러운 그녀는 나를 당혹스럽게 만들었다. 예민함을 장착한 그녀는 뱃속에서 움직일 때마다 양수가 살갗에 닿는 느낌이 싫었는지 몇 달을 한 자세로 유지했고 그래서 '사경'이라는 질환을 가지고 태어났다.

초기에 사경은 물리치료만으로 완치가 가능하다는 말을 듣고 대학병원에서 주2회 물리치료를 받았다. 젖을 물지 않아 유축기로 젖을 짜서 먹여야 했고, 한번 울면 자지러지며 날카롭게 울었다. 한쪽 눈만 떠지지 않는데다가 목에 피부색이 하얀 반점처럼 점점 번져 대학병원을 가는 등 나의 혼을 쏙 빼놓았다. 아무 경험도 없고 집안일도 서툴며, 나 하나 건사하기도 힘든데 책임져야 하는 그녀의 존재는 친구가 아닌 부담스러운 존재로 다가왔다. 그녀를 처음 만났을 때의 직감은 틀렸나보다. 친구라 하기에는 존재에 대한 무게감이 너무 크게 와 닿았다.

그녀가 자라면서 우리의 동거는 더 힘들어졌다. 일을 하고 새벽2시에 잠든 나를 새벽 4시에 깨웠다. 업고 반쯤 눈을 감은 채 집안을 돌아다니며 다시 그녀를 재웠다. 눕히면 울고, 눕히면 울고 무한반복을 하다가 나는 업은 채로 식탁에 엎드려 잔적도 있고 그대로 이불 위에 뻗어버린 적도 있었다. 조금 더 커서는 유모차에 태워서 모두가 잠든 새벽에 동네를 누볐다. 따뜻한 이불 속에서 더 자고 싶은 나를 이불 밖으로 끄집어 내던져진 느낌이었다. 얼마나 짜증이 나던지…. 그녀는 달콤하지 않은 쌉싸름한 초코라테였다. '이 상태로 평생 함께하지는 않겠지' 하는 위안으로 하루하루를 버티는 날들이었다. 주위에 함께 또래를 키우는 엄마들과의 교류도 없었고 일과 육아만 하는 나로서는 그저 하루하루 버티는 것 말고는 할수 있는 게 없었다. 그녀는 나를 엄마로 만들어 책임감을 가르치려고 했고, 문제해결 능력과 상황파악에 대한 능력도 키워줬다. 그리고 나를 돌아보는 시간도 만들어줬다.

워커홀릭인 나는 아이가 엄마의 상황에 적응해야한다고 생각했다. 나는 아이의 발단단계나 정서는 생각해보지 못했다. 그녀가 네 살부터 초등 3학년 때까지 우리는 힘든 시간을 보내야했다. 그녀는 일 한다고 바쁜 엄마의 빈자리를 크게 느꼈고 엄마에게 정서적인 사랑을 채우려고 울고 보챘다. 하지만 나는 그걸 채워주지 못했다. 그런 것들은 나중에, 나중에,

우리가 좀 더 잘 살게 되면 채워질 수 있을 거라고 생각했다. 그리고 나중 어느 때를 만나기 위해 일에 몰두했지만, '나중 어느 때'가 언제 올지 알 수 없고, 까마득해 보였다. 나는 지쳐갔고 그 스트레스가 그녀에게로 전달되었다. 예민한 그녀는 고스란히 스스로 감당해야 했을 것이다. 그녀의 입장에서는 부모가 절대적인 존재였을 테니까.

네 살인 아이는 놀이학교를 가면 매일 두, 세 시간을 쉬지 않고 엄마를 찾으며 울었다고 한다. 뒤 늦게 그 사실을 알았다. 놀이학교를 그만두고 심리치료센터에 상담을 하러갔다. 주 양육자의 부재, 감각적으로 예민함을 타고난 그녀. 그녀는 나에게 강한 책임감을 가르쳐줬다.

나는 그 강한 책임감으로 그녀의 정서적인 결핍을 채워주려고 노력했다. 노력하면 노력할수록 힘들었고 나를 키워준 친정엄마에 대한 불만이 늘어났다. 나는 그녀의 엄마이면서 친정엄마의 딸로써 혼란과 불만이 쌓여가기 시작했다. 나는 아이에게 이렇게 해주는데 왜 우리 엄마는 나 어렸을 때 이렇게 해주지 않았을까?

'아~! 진짜!! 나 어릴 때 사랑을 제대로 주지도 못했으면서 왜 지금은 그렇게 간섭하는 거야! 짜증나게!!'

그녀에 대한 책임감과 육아가 부담이 될수록 친정엄마에 대한 원망과 미움이 나를 파괴하고 있었다. 나는 그녀에게 좋은 엄마로 인식되길 바랐다. 늘 함께 하면 편하고 친구 같은 엄마. 어쩌면 내가 그런 엄마를 바랐던 것은 아닐까? 나는 좋은 딸, 착한 딸이 되고자 했던 마음을 내려놓았다. 그리고 나를 찾아야겠다고 생각했다.

책이 나를 찾는 길에 함께 해주었다. 나를 찾는 과정을 통과하면서 그녀와 나의 관계도 달라졌다. 그녀는 나를 믿지 못했다. 내가 엄마임에도 솔직하게 자신의 상태를 말하지 못했다. 친구들에게 놀림을 받고 따돌림을 당해도 엄마에게 말하지 못하고 혼자 감당했다. 그녀는 1년을 따돌림을 당하다가 도저히 견딜 수 없을 때 결국 나에게 말을 했다. 책을 읽고 이전과 다르게 살기로 결심한 나는 그녀를 지켜주기 위해 그녀의 이야기를 들어주고, 상처받은 그녀의 마음을 읽어주고 안아주었다.

"엄마! 나 이제 엄마한테 어떤 말이라도 다 할 수 있어!"
"엄마! 나 너무 행복해~"

정말 행복해 보이는 그녀의 미소에 나를 누르던 부담감이 덜어지는 느낌이었다. 나는 누군가와 깊은 관계를 맺는 게 어려웠다. 나 스스로와도 깊은 관계를 맺기 어려웠다. 나는 힘들고 어려운 일을 만나면 '늘 괜찮아~' 하면서 참고 덮어두는 편이였다. 덮어 둔 나의 내면을 조금씩 꺼내어 보다보니 나와의 관계뿐만 아니라 그녀와의 관계도 편하게 대할 수 있었다. 또 다른 큰 수확도 있었다. 친정엄마를 진심으로 사랑하고 있다는 걸 깨달았다. 사실 엄마와 연락을 하지 않아도 잘 살 수 있을 거 같아서 나를 찾는 시간동안 친정엄마와 연락을 잘 하지 않았고 친정에도 잘 가지 않았다. 하지만 나 그리고, 그녀와도 새로운 관계를 맺어가면서 친정엄마에 대한 생각과 마음이 달라졌다. 친정엄마를 이해하게 되고 그녀의 말과 행동에서 사랑을 느끼게 되면서 미안함과 사랑이 쏟아져 나왔다. 나는 사춘기 이후로 친정엄마를 다정하게 안아준 적이 없었다. 어느 날은 엄마에게 나의 그동안의 마음들을 전하며 감사와 사랑을 말해드렸다.

"엄마, 내가 엄마 손을 모질게 뿌리쳤었던 날 기억나? 내 손 끝에 그날의 감촉이 아직도 남아있어. 미안해. 엄마가 얼마나 마음이 아팠을까? 나 이제 엄마를 진심으로 사랑하게 된 거 같아. 미안해. 이만큼 커버리고 엄마의 사랑을 알게 되어서."

그날은 밤늦도록 친정엄마와 이야기하며 꼭 껴안고 울었다.

그녀는 나에게 달콤한 사랑을 알려주었다.

그녀는 나에게 쌉싸름한 시련도 알려주었다.

그녀는 나에게 성숙해지는 방법을 알려주었다.

그녀는 나에게 다른 사람의 감정을 이해하는 마음을 주었다.

그녀는 나에게 나를 돌아볼 수 있는 기회를 주었다.

그녀는 온전한 나로써 살아갈 수 있는 힘을 주었다.

그녀를 통해 나는 한 인간으로 온전히 살아가는 방법을 배우게 되었다.

사랑하는 사람을 만나 한 생명을 낳고, 그 존재로 인해 내가 다시 태어나는 경험을 하였다. 말로 표현하기 힘든 이 경이로운 경험이 나는 참 좋다. 이런 관계로 우리의 삶을 더욱더 풍요롭게 살아갈 수 있으면 좋겠다. 나는 그녀에게 묻는다.

"엄마는 우리 채원이를 너무 사랑하고 채원이가 있어서 너무 고마워~ 엄마 옆에 영원히 있어줄 거지?"

"엄마! 나 결혼할거야~ 스무 살까지만 엄마랑 살고 그 이후는 독립할거야. 근데 나 결혼하고 내가 하고 싶은 일을 하려면 엄마가 내 아이들을 좀 봐줘야 할 거 같아. 나는 아이를 두 명 낳고 싶어."

"결혼 안하고 엄마랑 살면 안 돼?"

"안 돼! 나 결혼하고 싶어~"

그녀는 독립된 인격체가 분명하다! 내가 그렇게 인지시켜 주기도 했지만 스스로가 잘 알고 있는 것 같다. 뭔가 서운하면서도 잘 커주고 있는 느낌. 그녀로 인해 나 또한 성장하고 있다. 자식을 키우는 과정에서 어려움과 힘듦은 결국 나를 성장시키는 과정이었다. 친정엄마 또한 나를 키우며 그런 과정을 거치지 않았을까?

나를 계속 성장시켜줄 그녀는 영원한 나의 반려친구이다.

윤혜림의 글

감시자

내 안에 수많은
존재들

"원장님! ○○이가 학원을 그만 둔대요!! 어떡해요?"

학원을 운영한 지 4년차 때의 일이었다. 나는 주말에도 학원에 가서 여러 잡다한 일들을 했었다. 일의 우선순위가 없다보니 일어나는 급한 일들에 시간과 에너지를 썼고 나는 점점 지쳐갔다. 이렇게 지내다가는 열열이 사랑해서 결혼한 남편과도 등 돌릴 판이었다. 내키지 않았지만 선생님들이 내 업무를 대신해주겠다고 나서서 나는 남편과 시내에서 데이트를 즐기기로 했다.

데이트지만 나의 온 신경은 학원과 핸드폰에 가 있었다. 다시 수업하러 가야하는 날 위해 남편은 분위기 좋은 식당으로 나를 데리고 갔다. 음식을 기다리고 있는데 핸드폰이 울렸다. 학원에서 일하는 선생님이었다. 기분 전환하겠다고 데이트하러 나왔는데 남편 앞에서 학원 선생님 전화를 받는 게 싫어서 화장실로 갔다. 선생님은 아주 다급한 목소리로 자기반 아이 한명이 학원을 그만둔다는 말을 했다.

사실 그 아이는 자동차로 한 시간 이상 되는 거리를 엄마가 일주일에 두 번씩 픽업하는 초등학교 6학년 학생이었다. 학원 프로그램 상 주 3회 3교시 수업을 하는데 그 아이의 어머니께서 프로그램이 마음에 드셔서 거리가 멀어도 아이 픽업을 하시겠다고 했고 나는 몇 번의 확인을 받고서야 등록을 시켜주었다. 아마 그 아이가 수업한 지 2개월 정도 되었던 거 같다. 나의 처음 예상과 같이 어머니는 힘들어서 도저히 픽업을 못하겠다며 학원을 그만 다니겠다고 전화를 했던 것이다.

예상했던 일이고 언제라도 그만둘 아이라고 생각하고 있었다. 선생님은 전화기 너머로 계속 불안을 쏟아냈다. 일반 학원 강사로서 지나칠 정도의 걱정거리였다.

"선생님! 언제라도 그만 둘 아이였으니 괜찮아요. 걱정 그만하시고 제가 곧 갈 테니 아이들 수업 하세요." 하고 전화를 끊었다. 그때부터 내 머릿속은 난리가 났다.

'너 이제 어떡할 거야? 이렇게 아이들이 자꾸 그만두면 이번 달 선생님 월급은! 관리비는! 어떡할 거야?'

'그 엄마는 내가 장거리라 무리라고 그렇게 말했는데 무조건 할 수 있다고 하더니 고작 이거 다니고 그만 둘 거면 나한테 왜 그런 말을 했어! 진짜 짜증나네~ 이제 너 어떡할 거야?'

내 안에는 또 다른 내가 있었다. 처음으로 그 존재를 확인하는 날이었다. 언제부터였는지는 모르겠지만 계속 내 안에 숨어들어와 살고 있었던 거 같다. 이들은 하나 둘이 아니었다. 몇 명인지 가늠이 되지 않지만 끊임없이 내 귀에다 대고 자기들의 말을 지껄였다. 내 이야기는 들으려 하지 않았고 나를 배려하는 존재는 하나도 없었다.

테이블로 돌아온 나는 밥을 먹을 수 없었다. 남편은 이미 그릇을 깨끗이 비웠다. 나는 학원에 가야겠다고 했다.

"벌써? 근데 무슨 전화야? 표정이 왜 그래?"

나를 본 남편이 걱정스럽게 물었지만 나는 가야겠다고만 했다. 머리가 너무 아파서 말할 수 없었다. 내 머릿속에서 끊임없이 지껄여대는 그 존재들 때문에 머리가 너무 무거웠다. 나는 온 몸에 힘이 빠져 쓰러질 거 같았다. 학원으로 가는 차 안에서 내내 눈을 감았다. 눈물이 나오려는 것을 남편에게 보이고 싶지 않았다.

'그래 학원가자. 아무것도 하지 않아도 학원에 가 있자.'

밥도 편하게 먹지 못하고 일 밖에 할 수 없는 내가 참 한심하고 안타까웠다.

"선생님 왜 이렇게 일찍 왔어요?"

예상보다 일찍 학원에 온 나를 보고 선생님들이 놀라워했다.

"충분히 즐기다 왔어요."

남편에게 미안했지만 정말 학원에 있으면 마음이 덜 불안했다. 아침부터 밤까지 나는 학원에 있어야 그나마 편안함을 느꼈다. 그 날 이후로 내 안에 존재들이 끊임없이 지껄이는 일은 없었지만 나는 계속 두통에 시달렸다. 두통약을 먹어도 낫지 않았다. 1년을 24시간, 1분, 1초도 빠지지 않고 두통과 함께 했다. 어느 순간부터는 약을 먹지 않게 되었다. 어차피 먹어도 두통은 낫지 않고 위는 날이 갈수록 쓰려서 두통약 먹기를 그만두었다. 시간이 지나 내가 학원운영에 대한 경험이 쌓이고, 좋은 선생님을 만나면 아무 문제없다고 생각했다. 누구나 일을 하면 힘들 수 있고 다 그렇게 버티며 산다고 생각했다. 두통은 늘 나를 따라다니니 어느 정도는 버틸 만 했다.

그러던 어느 날 초등학교 2학년인 아이가 나에게 말했다.

"엄마는 이렇게 사는 게 행복해?"

"채원이는 안 행복해?"

"엄마가 행복해 보이지 않아."

나는 행복해지려고 이렇게 열심히 일을 했는데 아이는 내가 행복해보이지 않는다고 했다. 아이의 직감은 정확했다. 나는 두통 때문에 늘 인상을 쓰고 있었다. 그리고 스스로 인정하고 싶지 않았지만 행복하지 않았다. 행복하지 않다는 걸 인식하고 나니 앞으로 내가 어떻게 살아야 하는지도 모르겠고, 그저 혼란스러웠다. 이 상황을 벗어나고 싶었다. 어느 날 새로 학원에 온 선생님과 이야기를 하다가 그 선생님이 이혼을 하고 현재는 정신과 약을 처방받아 먹고 있는 중이라고 했다. 그 말을 듣고 문득 나도 정신과를 가보고 싶다는 생각을 했다. 왜 그런 생각이 들었는지 모르겠다. 스스로가 정신적인 문제가 있다는 생각을 한 적은 없다. 단지 일이 많아서 힘들고 스트레스를 받는 일이 많으니 누군가 내 이야기를 들어주었으면 좋겠다고 생각했다. 그렇다 해도 친구를 만나 내 신세타령을 하는 게 나의 두뇌 메커니즘일 텐데 신기하게 정신과를 가야겠다는 생각이 들다니! 내 안에 있는 그 반려인들 중 하나가 내가 안타까워서 무언가 힌트라도 줬던 것일까?

나는 그 선생님이 가르쳐준 병원에 갔다.

'뭐라고 말하면 좋을까? 여기 온 게 의미가 있을까? 내가

여기 오는 게 맞는 걸까?'

막상 와보니 내가 여기 온 이유를 설명하는 게 난감했다. 의사선생님은 아무 이야기나 해보라하셨다. 내 입에서는 두서없는 말들이 쏟아져 나왔다. 나는 떠오르는 대로 말을 했고, 말하다보니 눈물도 났다.

"선생님 두통이 너무 심해요. 늘 머리가 아파요. 약을 먹어도 아파요. 지금 생각하니 1년은 더 된 거 같아요."

"우울증입니다. 번아웃이라고 들어보셨나요? 행복호르몬이라 불리는 세로토닌이라는 호르몬이 있는데 그게 지금 나오지 않으니 머리에다가 나오게 하려고 자극을 주지만 안 나와 두통이 된 거에요. 약 먹으면 괜찮아질 거예요."

의사선생님의 진단은 간략했다. '우울증'

처방받은 약을 먹었더니 신기하게도 1년 넘게 나와 함께하던 두통은 사라졌다. 아! 이런 약이 있다니. 나는 1년 동안 왜 아팠던 거지? 이 약으로 금방 나아버리는데. 허무했다. 그리고 덤으로 나는 심적 편안함을 느꼈다. 늘 불안함과 긴장 속에서 하루하루를 보냈는데 처방받은 약 덕분에 나는 투정부리는 아이도 여유 있게 바라보게 되었고, 잠도 편하게 잘 잤다. 약을 먹기 전과 후의 나의 매일은 참 달랐다. 내가 아프다는 걸 인정할 수밖에 없었다. 약을 먹으며 편안함을 찾는 시간도 1년이 되었다. 약 없이는 불안하고 예민해졌다. 예민해지는 내 모습이 싫었다. 하지만 약에 의존하는 내 모습은 더 싫었다. 내 감정은 어디에도 없고 늘 다른 사람 표정과 말투와 눈치를 살피는 내가 버거웠다. 약도 먹지 않고 다른 사람 눈치도 보지 않는 나 일수는 없는 걸까?

그토록 되고 싶던 중 고등학교 선생님이라는 꿈은 임용고시라는 시험 앞에서 좌절되었다. 다른 선배들처럼 30대가 될 때까지 시험만 준비하며 나의 20대를 보내고 싶지 않았다. 그래서 학원 강사로 돈을 많이 벌자는 생각으로 사교육시장에 뛰어들었고 열심히 수업해서 능력을 인정받았다. 다른 친구들보다 좀 더 많은 수입으로 나는 우쭐했다. 더 많이 벌어서 넓은 아파트에서 외제차를 끌고 내 아이를 놀이학교와 영어유치원, 사립초등학교를 보내는 꿈을 꿨다. 학원은 선생님들 수업으로 채우고 나는 상담 몇 개하며 학원 분위기만 잘 다져놓고 남은 시간에 아이와 여행을 다니며 그렇게 보내고 싶었다. 그러기 위해서 나는 부지런히 움직였다. 내가 더 움직이면 내가 꿈꾸는 날이 조금 더 가까이 다가올 것만 같았다. 하지만 현실은 매달 돌아오는 카드대금과 임대료, 선생님 월급이었다. 학원은 잘 되었지만 나는 짜임새 있게 학원 살림을 꾸리지 못했다. 돈을 많이 버는 것도 중요하지만 번 돈 이상으로 나가지 않게 살림의 규모를 맞추어야 한다는 걸 몰랐던 것이다. 내가 꿈꾸는 삶을 위해 나는 늘 무리한 지출을 하며 무리하게 일을 했다.

남는 것은 번아웃, 우울증이었다. 그리고 내 안에 많은 비판자, 감시자가 있다는 것도 알게 되었다. 그들은 늘 나를 다그쳤고, 무리하게 움직이도록 만들었다. 아마 내가 어릴 때부터 그들은 내 안에 이미 있었고, 언제나 그들의 존재를 드러냈을 것이다. 다만 내가 그들의 존재를 이제 와서 깨달은 것뿐이다.

나는 어릴 때부터 책을 읽으면 편안해지고 좋았다. 하지만 학원을 운영하며 매일 수학문제집을 들여다보니 편하게 독서를 해야겠다는 생각을 하지 못했다. 수학문제 외에는 어떤 글도 눈에 들어오지 않았기 때문이다. 나의 심리적 불안에서 벗어나는 방법을 찾기 위해서는 책을 읽어야 할 거 같은 생각이 들었다. 그렇게 심리서와 육아서, 자기계발서등 많은 책을 읽으면서 나는 알게 되었다. 내 안에 그 존재들이 무엇인지를.

나를 괴롭히는 그 존재들을 내보내려고 울고 소리도 치고 못하는 욕도 해봤다. 마구 글로 쓰면서 그 존재들과 마주하려고도 해봤다. 꽤 효과가 있었다. 늘 내 머리가 울리도록 소리를 질러대던 그들의 소리가 조금씩 작아졌다.

그렇게 시간을 보낸 지 5년 정도 되었다.

그들은 여전히 내 안에 있다. 하지만 우울증에 빠뜨렸을 때처럼 나를 망가트리지는 못한다. 그들은 정말 나를 망가뜨리려고 그랬을까? 돌이켜 생각해보면 그래도 그들의 존재 때문에 나는 우울증이 있다는 걸 알았고 그렇게 아무렇게나 달려가던 삶의 방향을 돌릴 수 있었다. 그리고 많은 책을 읽으며 내가 꿈꿔왔던 삶만이 의미가 있는 건 아니라는 걸 깨달았다. 결과적으로는 그들의 존재가 나를 좀 더 나은 사람으로 만들어주었다. 비록 출혈이 크기는 했지만.

아이가 네 살, 내가 한창 일에 빠져 살아갈 때, 불안감이 심했던 아이를 놀이치료센터에 데리고 갔던 적이 있었다. 아이를 위해 상담을 하시던 선생님이 나에게 '에니어그램' 검사와 부모교육이 있는데 마침 아이가 놀이 치료하는 시간이니 아이를 기다리며 해보는 건 어떻겠느냐고 제안을 하셨다. 어차피 아이를 기다려야 하니 해보겠다고 했다.

20여명의 엄마들과 함께 '나를 찾아 떠나는 여행'이라는 주제로 에니어그램 검사를 했는데 유일하게 나 혼자서 목표지향인이었다.

"이 유형은 왜 있죠~ 일에 빠져서 집에 늦게 들어오고 주말에도 일하러 가는 아빠들. 그런 유형이에요"

에니어그램 검사를 해석해주시는 선생님이 나의 유형을 그렇게 말씀하셨다. 그래 맞다. 나는 그런 사람이었다. 그때는 나름 열심히 자신의 일을 하는 사람이라는 생각에 다른 엄마들에 대한 우월감이 있었다. 하지만 그게 나를 우울증에 빠지게 했다는 걸 알았다. 나는 그런 사람이다. 하고 싶은 일이 있으면 해야 한다. 중간에 포기하는 내 모습이 싫어서 어떻게든 해내려고 노력한다.

'내 그럴 줄 알았다. 니가 못 할 거라고 생각했어.', '그거 아무나 하는 거 아니야.', '괜히 돈만 날리지 말고 그만해.' 이런 말들을 듣는 게 나는 싫었다. 그래서 이런 말들을 듣지 않으려고 더 노력했다. 그들의 말이 맞으면 어쩌지? 그 후의 나의 삶은 어떻게 되는 걸까? 학원 하다가 그만두면 대출금들은 어떻게 되는 거지? 남편은 얼마나 나에게 실망할까? 엄마는 그럴 줄 알았다고 하시겠지? 이런 말들이 두려워 주말에도 일하고, 밤낮없이 일했던 것이다. 그렇게 해도 잘못되면 그래도 열심히 한 내 모습에 어느 누구도 저런 말을 나에게 하지 않겠지 하는 생각이었나 보다.

그런데 학원을 접고 나서 아무도 나에게 이런 말을 하지 않았다. "그동안 고생했으니 푹 쉬어~" 남편과 친정엄마는 이제 쉬라고 했다. 나를 못살게 만든 건 내 안에 그 존재들. 결국 나였던 것이다. 나는 나와 화해하기로 했다. 앞으로 얼마가 될지 모르겠지만 최소 내가 살아온 삶만큼은 감시자들과 계속 살아가지 않을까? 그 시간동안 예전처럼 계속 못살게 굴고 괴롭히면 정말 너무 싫을 거 같다. 그래도 이제 나는 그들을 어떻게 구슬려야하는지, 어떻게 하면 그들의 소리가 작아지는지 방법을 알았으니 예전처럼 우울증에 걸려 다시 병원을 가지는 않겠지? 새삼 격하게 존재감을 드러내줬던 그들이 고맙기도 하다. 그랬으니 내가 그들의 소리가 줄어드는 방법을 찾아낼 수 있었을 테니까.

남은 나의 삶. 이제는 좀 더 사랑스럽게 잘 살아보자. 내 안의 비판자, 감시자들과 함께.

윤혜림의 글

책

어른의 대화를
나누고 싶어

내가 좋아하는 것
막 피어난 보리꽃
논두렁을 수놓은 자운영 꽃무리
아침이슬 머금은 작은 제비꽃
골짜기를 흐르는 맑은 시냇물
해지는 서산마루 비껴가는 저녁놀
집으로 돌아가는 아이들의 발자욱

초등학교 때 선생님이 알려주신 노래인데 너무 좋았다. 종종 듣고 싶어서 검색을 했었지만 찾을 수 없다가 몇 년 전 아이에게 들려주고 싶어서 열심히 찾았더니 가톨릭성가였다. 어쩐지 너무 좋더라니. 이 노래를 듣고 있으면 내가 좋아하는 것들이 떠오른다. 많은 좋아하는 것들 중 1순위는 단연 책이다. 어릴 때부터 책 읽는 것을 좋아했다. 책속의 이야기들이 재미있었고 나를 다른 세상으로 데려다주었다. 책을 읽으면 머릿속에서는 바로바로 책 속의 장면들이 영화처럼 재생되었다. 그 자체가 나에게는 하나의 놀이였다. 엄마가 사주신건지 어디서 가지고 온 건지는 모르겠지만 그림도 몇 십장을 넘겨야 한 페이지 나오는 누런 종이에 깨알 같은 글씨가 가득하던 두꺼운 전집을 집에 들여놓으셨다. 명작소설부터 위인전까지 100권이 조금 넘는 전집이었다. 나는 그 책을 한 권 한 권 읽기 시작했다. 거친 종이를 한 장씩 넘기면 나오는 이야기들이 좋았다. 초등학교 3, 4학년 때 책을 뽑아들고 벽에 기대어 앉아 움직이지도 않고 책을 읽었다.

"혜림아~ 간장 좀 사올래?"

"아~ 몰라~~."

있는 짜증 없는 짜증을 엄마에게 부렸다. 더 이상 나 건드리지 말라는 신호였다. 나는 지금 이야기 속에 빠져있고, 여기서 나갈 생각이 없으니 나 시키지 말라는 표현이었다.

"야! 불도 안 켜고 책 보나~"

어두운 방으로 들어온 엄마는 불을 켜며 타박을 했다. 어느 새 해가 저물었는데 어두운 방에서 불을 켜려고 움직이면 책의 세상에서 잠시 빠져나와야 하니 그게 싫어서 나는 인상을 쓰면서 계속 책을 읽었다. 엄마가 불을 켜주고 간 방에서 책 한 권을 다 읽고 나서야 기지개를 켜고 일어난다. 생각해 보면 무서운 집중력이며 집착이다. 하지만 그 덕분에 내 시력은 급격하게 떨어져서 안경을 쓰게 되었다.

초등학교 때는 이렇게 책을 많이 읽다보니 학교 선생님께서도 알아주시고 독서와 글쓰기에 대한 상도 많이 받았었다. 하지만 중 고등학교를 거치면서 입시에 대한 스트레스로 책이 눈에 들어오지 않았다. 책의 글자들이 눈에 들어오지 않으니 좋아하던 책을 읽을 수가 없었다. 어두워지는 방에서도 책을 읽어내던 무서운 집중력은 어디가고 없다. 그저 책이 많은 곳에 가는 것만으로 위안을 삼았다. 읽히지는 않지만 책이 있는 곳이면 어디든 좋았다. 도서관에 가는 것도 좋았고 시내에 있는 대형서점에 가서 그 공간에 머무는 것도 좋았다. 책 냄새가 좋았고 쌓여있는 책들을 보면 흐뭇했다. 이 책 저 책 제목과 표지를 보며 '이런 책이 있구나.' 하면서 기쁘고 설레는 마음을 가득 담은 채 다시 현실로 돌아갔다.

책은 나의 불안한 마음을 늘 달래주었다. 그냥 그 존재자체가 그랬다. 어른이 되어 매일매일 주어진 일을 해야 했고 수업을 위해 교재 연구하는 데 시간을 쓰다 보니 불안한 마음을 달래기 위해 책이 많은 공간으로 간다는 건 어느새 사치가 되었다. 그러다보니 책은 나에게 동경의 대상이었다.

'언젠가 내가 시간적 여유가 있으면 책을 모조리 읽어주겠어. 그 전까지 잠시만 안녕~'

하지만 그런 시간 대신 우울증이 나에게 왔다.

나를 위해 이것저것 알아보던 동생이 온라인 독서모임을 권했다. 새벽에 하는 독서모임. 뭔가 내가 좋아하는 조합이다. 독서모임이라는 걸 한 번도 해 본 적이 없어서 잠시 고민했지만 해보기로 했다. 그때부터 시작이었다. 책을 일하는 것처럼 읽게 되는 시작. 독서모임으로 한 권씩 완독하는 책 수가 늘어날 때마다 통장에 돈이 쌓이는 것 같은 뿌듯함이 있었다. 일주일에 한권씩 읽다보니 욕심이 났고 일주일에 두 권씩 읽게 되었다. 독서모임의 수도 늘어났다. 처음에는 하나의 독서모임에만 참여하였다. 그러다 곧 운영하는 학원을 접고 가정주부가 되면서 시간이 많이 생겼다. 엄마들의 온라인 커뮤니티에서 여러 장르의 독서모임을 모집하는 걸 보게 되었다. 나는 빈 시간을 채워야 하는 강박에라도 빠졌는지 독서모임을 모두 신청했다. 심리, 부모교육, 예술, 자기개발, 고전 등과 같은 독서모임을 참여하면서 한 번에 많은 책을 읽어 내려 갔다. 줌으로 만나는 독서모임이 있는 날에는 늦은 시간이든 새벽이든 반드시 참여했다. 각 영역마다 매일 책을 읽고 주어 지는 미션을 성실하게 빠지지 않고 수행했다. 책을 읽고 다른 사람들과 생각을 나누는 그 시간이 너무 좋았다. 어른의 대화 를 하는 것 같았다.

그전에는 학생들에게 수학문제를 풀어주고, 부모님들과는 성적과 입시에 대해서 주로 이야기 했다. 하루 종일 입을 움 직여 일을 했기 때문에 가정에서는 말을 하고 싶은 생각이나 에너지가 없었다. 그래서 필요한 지시와 통보만을 했다. 그랬 던 내가 책을 읽고 사유하면서 다양한 생각들과 내가 겪은 일 들을 쏟아내었다. 그 시간이 너무 행복했고 나를 치유하는 시 간이었다. 책을 읽고 생각을 나누는 그 시간은 중독이었다. 내가 읽은 책이 늘어날수록 더 읽고 싶어졌다. 하루에 얼마나 많은 책을 읽어내는지도 궁금해서 다이어리에 적기 시작했 다. 책상 한쪽에 매일 읽어야 할 책들을 쌓아두었다. 참여하 는 독서모임이 많다보니 많은 책을 읽어야 했다. 그래서 하루 에 한 권을 읽는 게 아니라 매일 한 권씩 정해진 양을 읽어내 다 보니 하루에 열 두권까지 읽었다. 책을 읽고 미션들을 실 천하기 위해 새벽 3시에 일어나서 밤 10시까지 부지런히 움 직였다.

그런 시간들이 몇 년 쌓이다보니 내가 가지고 있던 문제들이 조금씩 해결이 되었고 나는 그동안 생각하지 못했던 일들을 하고 있었다. 책을 읽고 온라인에서 만나는 사람들과 선한 영향력을 행사하기 위해 노력했다. 내가 가지고 있는 수학교육에 대한 생각들을 나누고 싶어서 커뮤니티도 작게나마 만들어갔다. 책을 읽고 만들어낸 새로운 세상은 나에게 활력을 주었다. 내가 괜찮은 사람이 된 것 같아서 자신감도 생겼다.

　학원을 운영할 때는 학생들을 잘 가르쳐서 흔히 말하는 엘리트코스로 성장시켜 좋은 학교에 보내고 남부럽지 않은 직업으로 살아가게 만드는 게 가장 잘 사는 일이라고 생각했다. 그래서 그것 외에는 어떤 것도 생각하지 않았다. 하지만 책을 읽고 만나는 세상은 그렇지 않았다. 학생 개개인의 흥미는 무시되고 남들보다 더 나아지기만 하는 그런 경쟁을 해야 하는 삶은 얼마나 힘들고 피폐한 삶인지 깨닫게 해주었다. 세상에는 내가 보지 못한 넓은 세상이 있고, 내가 경험해 보지 못한 다양한 사람들이 있으며 내가 알지 못한 지식이 엄청나게 많다는 것을 알게 되었다. 그러므로 겸손한 자세로 살아야 한다는 깨달음도 얻었다. 경쟁을 위한 공부가 아닌 가치 있는 삶을 살아가기 위한 공부가 필요하다는 것도 알게 되었다. 책은 나의 스승이자, 마음의 친구이며, 평생 함께 해야 할 반려취미다. 마음이 힘들었을 때의 나와 내 아이도 책을 읽으며 치유해갔으니 어쩌면 책은 단순한 취미를 넘어서는 게 아닐까?

　나에게 좋은 것만 준 이 책에게 감사를 표하며 이제 한 단계 더 나아가려고 한다. 독서모임으로 멤버들과 함께 책을 읽으며 느낀 나의 경험들과 생각을 나누면서, 그들에게 받았던 공감과 배려와 사랑을 잊을 수가 없기 때문이다. 단순히 책만 읽었다면 그냥 읽고 끝내는 취미에 불과했을 것이다. 하지만 함께 읽으면서 나누는 그 어른의 대화들은 단순한 취미에 생명력을 불어넣어줬다. 그래서 내가 느낀 공감과 배려와 사랑을 공부에 지친 아이들도 함께 느낄 수 있길 바란다. 아이들에게 그것들을 느끼게 해주려면 아이들의 위한 독서모임이 필요하다고 생각해서 나는 북클럽 전문가과정을 이수했다. 그리고 나의 관심사를 살려 수학, 과학에 관한 독서모임, 공부방법에 관한 독서모임, 지친 학생들의 마음을 어루만질 수 있는 독서모임을 진행하려고 한다. 청소년 기초과학 북클럽은 모집 글을 올리고 24시간이 지나지 않아 몇 명이 신청서를 냈다. 이것으로도 성공이다. 한명도 신청하지 않으면 딸과 둘이 할 생각이었다.

　이제 책은 정말 나의 반려자가 되었다. 반려취미를 넘어 일이 되기도 했다. 일에 중독되어 피폐해진 적이 있는 나는 경이로운 책에다가 반려 '일'이라고는 붙이고 싶지 않다. 그냥 반려 '책' 이 가장 심플하면서 좋겠다.

무지했던 내 삶을 심폐소생 시켜준 책이 나는 참 좋다. 이 책과 함께 어떤 청소년을 만나고 어떤 삶을 만나게 될지 너무 궁금하고 기대된다. 책을 읽고 생각을 나누고 어른의 대화를 하고 온전히 내 인생을 살아가는 삶은 얼마나 환상적일까?

내가 좋아하는 것.

막 도착한 택배에서 언박싱한 책 냄새.

대형서점에 자태를 뽐내며 쌓여있는 책 탑들.

바닥부터 천장까지 가지런히 꽂혀있는 책들.

대형서점에서만 볼 수 있는 수학문제집들.

너무 읽고 싶었는데 절판된 중고서점에서 만난 책.

뭔가 보물을 발견할 것 같은 헌책방 골목.

책 읽고 정리하기 좋은 색색들이 볼펜과 형광펜.

두고두고 읽고 싶어서 꾹꾹 손으로 눌러 필사한 노트.

책을 읽고 생각을 정리한 글들.

윤혜림의 글

동물

묘한 털북숭이
친구

"엄마 나 고양이 키우고 싶어!"

"아.. 음... 꼭 그래야겠니?"

"나 고양이 키우고 싶은데 안 돼?"

외동딸에게 동생을 낳아줄까 잠시 생각했지만 그만두었다. 아이를 어느 정도 키워놨고 학원을 운영하지 않아도 되는 자유가 주어졌는데 하나의 생명체를 잉태하고 출산하고 먹이고 씻기고 재우고 그렇게 키워야 한다고 생각하니 끔찍했다. 우리에게 온 아기는 소중하지만 외동딸의 외로움을 해결하고자 그렇게 하기에는 내가 얻은 현재의 자유로움이 더 소중했다.

하지만 아이의 정서적인 불안감과 사랑의 결핍을 채워줄 책임이 있기에 딱 잘라 거절할 수가 없었다. 단순히 내가 털이 있는 짐승들을 좋아하지 않는다는 이유로 고양이를 키울 수 없다는 것은 설득력이 부족했다. 아이의 교육을 최우선으로 생각하는 내가 시도도 해보지 않고 '엄마는 털짐승이 싫어서 못 키워. 그러니 네가 마음을 접어.' 이렇게 말을 할 수 없었다.

"우리 곧 이사하면 그 집에서 고양이를 키울 수 있을 지 잘 모르겠어. 엄마가 내키지는 않아. 생명을 키우는 건 책임감이 따르는 거야. 고양이가 외롭지 않게 놀아줘야 하고, 아프면 병원에도 데리고 가야 해. 고양이들이 말을 할 수 없으니 아픈지 어떤 지도 잘 살펴야겠지. 우리가 여행갈 때는 어때? 데려가기 힘이 드니 혼자 집에 두고 가야하면 긴 여행은 어렵지 않을까? 혹시나 우리 가족 중에 고양이 털 알러지가 있으면 어떡할 거야? 단순히 귀엽다고, 외롭다고 키울 수는 없어. 그리고 엄마는 동물은 돈 주고 사는 건 좀 아니라는 생각이 들어. 생명을 사고 판다는 게 좀 그래."

"알아~"

아이에게 동물을 키우는 것에 대한 생각을 객관적으로 말하고 싶었지만 말하다 보니 점점 이래도 키울래! 하는 반 협박이 되어 간다.

"엄마가 고민해 볼께. 1년 동안 고민해보고, 이사하는 공간도 보고 결정하자."

1년이라는 시간으로 결정의 유예기간을 만들었다.

예전에는 아기도 강아지도 엄청 좋아했던 나인데 아이를 낳고 부터는 그 어떤 생명체도 키우고 싶지 않았다.

"엄마는 너 하나로도 벅찬 사람이야!"라고 외치고 싶었지만 입 밖으로 내지 않았다. '너를 임신하고 출산하고 키우는 과정이 너무 힘들어서 어떤 생명도 더는 키우고 싶지 않아.' 이것이 나의 진짜 마음이다. 하지만 나는 '내가 싫으니 무조건 너는 엄마 말을 들어.' 하는 건 더 싫었다. '내가 이렇게 저렇게 노력해봤는데도 안 되네~' 이 정도는 괜찮지 않을까?

아무튼 고양이를 키우는 일이 나에게 가능한 일인가부터 알아봐야했다. 1년 동안 유튜브에서 고양이 관련 영상을 보고 아이와 TV 동물농장을 보며 다양한 고양이들을 만나면서 우리가 저런 상황에 어떻게 해야 할 지 이야기를 나누었다. 그리고 고양이 관련 책을 읽으며 고양이란 생명체는 어떤 걸 먹는지, 물은 어떻게 줘야하며, 어떤 놀이를 좋아하는지, 고양이의 건강한 변은 어떤 상태인지, 고양이가 어떤 상황에서

스트레스를 받는지 등등 하나씩 공부해나갔다.

사실 가장 큰 문제는 내가 고양이를 만질 수 있을지도 알수 없는 상황이었다. 태어나서 한 번도 고양이를 만져본 적이 없었고 사실 내가 어릴 때는 고양이와 귀신에 대한 괴담들이 섞여 고양이는 조금 무서운 존재였다. 그런 존재와 함께 살아야 한다니 아무래도 무리일거 같았다.

남편과 아이는 둘이서 종종 고양이 카페를 다녀왔다. 둘은 고양이를 좋아했고 고양이 카페를 다녀와서 본 고양이 이야기를 자주 했다. 그러면 그냥 '당신들은 고양이 카페를 자주 다니고 나는 그냥 내버려둬!' 라고 하고 싶은 심정이었다. 하지만 좋은 엄마 코스프레를 하는 나는 노력하기로 했으니 고양이 카페를 함께 가보기로 했다. 고양이 카페가 있는 건물의 입구에 들어가는 순간 인상이 찌푸려졌다. 깨끗이 관리되지 않은 고양이 카페의 쾌쾌한 냄새가 코를 찔렀다. 문을 열고 들어가서는 공기 중에 떠다니는 고양이 털 때문에 잠시도 숨을 쉬고 싶지 않았다. 나는 그 카페의 어느 곳에도 앉기 싫었고 내 몸에 그곳의 무언가가 닿을까 몸을 잔뜩 웅크렸다.

"예전에 간 고양이 카페는 이렇게 지저분하지 않았는데 여기는 우리도 처음 오는데 좀 지저분하네. 근데 고양이는 털이 많이 날려~"

남편이 잔뜩 예민해져 있는 나에게 변명 같은 설명을 한다. 어찌됐든 왔으니 또 노력해보자. 고양이 카페에서는 입장료를 빙자한 커피를 인당 한잔씩 마셔야 한다. 앉기도 싫고 털 때문에 숨도 쉬기 싫은 곳에서 커피를 마셔야 한다니! 하지만 노력하기로 하지 않았던가. 조금만 참자.

우리 세 식구는 테이블에 앉아 음료를 앞에 두고 있던 그 찰나에 고양이 한 마리가 우리 테이블로 올라왔다. 너무 놀란 나는 벌떡 일어났는데 내 가방을 둔 의자로 다른 고양이가 가는 것이 아닌가. 문득 새로운 냄새에 예민한 고양이들은 거기다 소변을 볼 수 있다는 책 내용이 떠올라 가방을 집어 들려는 데 고양이가 빨랐다. 내 예상대로 내 가방에다가 영역표시를 했다.

"나 고양이 못 키울 거 같아." 울상인 내가 더 이상은 참지 못하고 말했다.

고양이라는 생명체와 처음 대면한 경험은 충격적이었다. 하지만 사랑스러운 나의 아이는 주기적으로 고양이 노래를 불렀다. 그렇게 1년이라는 시간이 지났고 우리는 우연히 고양이를 키우게 될 기회를 만났다.

"채원아, 엄마는 고양이를 동물가게에서 사지 않을 거야. 유기묘나 우리가 꼭 필요한 그런 고양이를 데리고 와서 함께

하는 거야. 그러니 고양이 종중에 특정 종을 키워야 한다든지 그런 생각은 하지 않았으면 좋겠어."

　대중매체에서 동물을 인위적으로 임신을 하게하고 예쁜 아이들만 키우려고 하는 인간의 이기심을 봤기에 나도 똑같은 인간이 되고 싶지 않았다. 남편 회사 동료가 고양이 세 마리를 키우고 있다고 했다. 키우고 나니 본인도 아이도 천식이 있다는 걸 알았고 고양이 털 때문에 상황이 좋지 않다고 했다. 그래도 함께한 정이 있기 때문에 참고 키웠지만 아이의 천식이 심하다고 했다. 입양처를 구하고 있지만 생각보다 입양이 힘들다고 한다. 아무래도 다 큰 고양이들이라 사람들의 선호도에서 밀렸을 것이다. 안타까운 마음에 우선 고양이들을 보러 가기로 했다. 직접 고양이들을 만나면 어떨지도 궁금하고 키우고 있는 사람들을 보면 내가 결정하는 데 도움이 되지 않을까 생각했던 것이다.

　회사 동료 집에 들어간 아이는 난리가 났다. 나는 긴장되어서 몸이 굳어버렸다. 아이는 거기 있던 장난감으로 고양이와 놀아주면서 한 마리 한 마리 관찰하기 시작했다. 그러더니 소파 구석에서 웅크리고 있는 한 마리를 가리키며

　"엄마, 저 아이 우리 집에 데려가고 싶어."라고 했다. 활발한 다른 두 마리에 비해 소심하고 얌전해 보였다. 구석에 숨

어 낯가림을 하는 눈치였다. 우선 오늘은 이렇게 밖으니 집에 가서 상의해보려고 했는데 회사 동료는 데리고 가라고 했다. 아무런 준비도 없이 '아리'는 케이지에 넣어져 우리 차에 탔다. 집으로 가면서 반려동물용품가게에 들러 캣타워와 밥그릇, 고양이 정수기, 화장실, 모래, 사료, 장난감을 샀다. 책으로 공부하며 꼭 필요한 물품들을 기억해두었었다.

우리 집에 온 아리는 아주 소심했다. 케이지에서 나오자마자 바로 아이의 방 침대 밑으로 들어갔다. 아리가 나와서 우리가 사온 캣타워에도 올라가고 사료도 먹었으면 좋겠지만 우리의 바람과는 달리 아리는 구석으로 몸을 숨겼다. 갑자기 낯선 환경으로 와서 얼떨떨했을 것이다. 책에서는 적응하는데 길면 몇 달도 걸릴 수 있다고 해서 느긋하게 기다리기로 마음을 먹었는데 이틀정도 만에 그 소심한 아이는 우리 집에 적응을 해버렸다.

그렇게 우리의 동거는 시작되었다. 아리. 길고양이는 아니고 집고양이지만 파양 되어 결국 우리가 세 번째 집사가 되었다. 파양되었다는 말에 속이 상했다. 우리가 마지막 집사가 되어주자고 다짐했다. 우리 집 식구라고 생각하니 신기하게도 아리를 만질 수도 있을 거 같았다. 처음 만지는 아리의 털은 부드러웠다. 아리로 인한 불편한 상황들도 감수할 수 있을 거 같았다. 집에 온지 며칠 안 되어 아리는 밤마다 울기 시작했다. 속에서 끓어오르는 울음은 잠을 잘 수 없게 만들었고 아파트에 사는데 혹시 이웃들에게 피해가 가지 않을까 밤을 새워 아리 옆에 함께 하며 만져주었다. 아리의 울음은 이유가 있는 울음이었다. 중성화 수술을 하지 않아서 짝을 그리워하는 소리였다. 도저히 이렇게 계속 살기는 힘들어 건강검진 겸 중성화수술을 하기로 결정했다. 마음이 짠했지만 모두를 위한 최선의 선택이었다. 그렇게 하나씩 아리는 우리 가족에게 스며들었다.

내가 아이를 혼내고 있으면 아리가 아이 옆에 와서 울기 시작한다. 꼭 나에게 아이를 혼내지 말라고 아이 편을 들어주는 것처럼… 그러면 나는 더 혼내기가 힘들어 적당히 마무리를 했다. 아리로 인해 우리 집은 분위기가 달라졌다. 우리 가족 단톡방에는 아리 사진이 가득했다. 아이는 아리 츄르를 자기가 주겠다고 고집을 부리기도 했다. 아이의 침대 위에 올라가 있는 아리에게 아이는 혼자만의 이야기를 전해주며 비밀스러운 대화를 주고받았다. 고양이 소리를 잘 내는 아이가 고양이 울음소리를 내면 신기하게 아리가 답을 한다. 그렇게 둘은 서로 대화를 하는 것 같았다. 퇴근하고 집에 온 남편은 아리에게 말을 걸고 장난감으로 놀아주며 좀 더 많은 말을 한다. 말을 안 하는 사람은 아니지만 가족에게 다양한 표현이나 말이 서툰 느낌이 있는데 아리를 만나면서 좀 더 자연스러워졌다. 나는 스트레스를 받은 상태에서 집에 혼자 있을 때가 있다. 정도가 심해지면 큰소리로 울어버릴 때가 있는데 그렇게 울고 나면 아리가 옆에 와서 나를 쳐다 본다. 그 눈빛은 나를 위로해주는 것 같다.

'괜찮아. 괜찮아. 울어도 괜찮아.'

아리의 울음소리를 가만히 들어보면 '엄마'라고 하는 것 같다. 나 혼자만의 생각이 아니라 다른 사람들도 아리의 소리를 들으면 그렇게 말하는 것처럼 들린다고 한다. 그래서인지 나는 아리에게 점점 빠져들었다. 무엇보다 푹 빠져들게 만든 건 내가 자려고 침대에 누우면 내 옆에 함께 누워 추위를 많이 타는 나를 따뜻하게 만들어준다. 아리가 내 이불속에 들어와서 고로롱거리면 클래식을 들어야 겨우 잠이 드는 나를 한 순간에 꿈나라로 가게 만들어준다. 늘 "엄마, 엄마"하는 울음소리를 내며 내가 가는 곳을 따라다닌다. 하지만 신기하게 사람에게 안기지 않는다. 우리 가족의 소원은 아리를 안아보는 것이다. 절대 안기지 않는 예민하고 소심하고 도도한 아홉 살 아리다.

걱정했던 일이 일어났다. 아리와 함께 한 어느 날 아이의 눈이 충혈이 되어 가렵고 난리가 아니다. 병원에 갔더니 고양이털 알러지라고 했다. 아리가 집에 온지 얼마 되지 않은 때였다. 다시 이 아이를 돌려 보낼 수는 없다. 아리는 어떤 일이 있어도 우리와 함께 해야 한다. 다행이 아이의 알러지는 심각하지는 않았다. 병원을 다녀온 후부터 나는 청소를 열심히 했다. 특히 아이가 자는 방의 침구들을 깨끗하게 했다. 아이도 아리가 올라간 곳의 이불을 사용할 때는 돌돌이로 고양이 털을 털어내고 사용하였다. 그래서인지 몇 달에 한 번 알러지 증상이 생기고 그럴 때마다 병원에서 처방해온 안약을 넣으면 금방 가라앉는다. 얼마나 다행인지 모른다.

이글을 쓰고 있는 지금도 아리는 내가 잘 보이는 곳에 자리 잡고 누워있다.

'엄마 일 다 하고 같이 자러가자~' 하며 내가 일이 끝나기를 기다리고 있다. 참 사랑스러운 존재이다. 비록 우리 가족의 예민함을 빼닮아 목욕도 하기 싫어하고 발톱 깎아주려고 하면 기겁을 하며 도망가고, 자기가 먹기 싫은 사료와 간식은 절대 먹지 않는다. 우리 가족과 예민함이 닮아 우리에게 왔나보다. 함께 살며 그 예민함을 서로 섬세함과 배려심으로 바꾸어 편한 마음으로 살아보라고 우리에게 왔나보다.

사람보다 수명이 짧은 반려동물인데 이미 성묘인 채 우리와 만났다. 어쩌면 함께 할 시간이 길지 않을 수 있다는 건 처음부터 생각했던 거다. 그래서 아이와 나는 늘 얘기한다. 아리에게 후회되지 않게 매일 매일을 기억하고 사랑하며 행복하게 지내자고. 나는 아리로 인해 생명의 소중함, 동물들이 인간으로 인해 어떤 고통을 겪고 있는지, 우리는 다른 생명체들과 함께 공생하기 위해서는 어떻게 해야 하는지를 배우고 있다. 그리고 나를 바라보며 나를 졸졸 따라다니며 내게 알 수 없는 말로 츄르를 달라 정수기에 물이 없다, 놀아달라는 말을 하는 이 생명체를 사랑하지 않을 수 없다. 이제 이 사랑스러운 생명체와 침대로 들어가 고로롱대며 행복한 꿈을 꿔야겠다.

윤혜림의 글

부처님

어떻게 살 것인가?

'반려'를 소재로 글을 쓰려고 하니 가장 먼저 생각난 단어는 '짝꿍'이었다. 평생의 반려자, 나의 길동무, 가장 친한 친구인 짝꿍의 이야기를 하지 않을 수 없다. 지금 내가 사는 모습의 80%는 짝꿍의 영향을 받아 이루어진 것이라 해도 과언이 아니다. 장담하건대 앞으로도 '어떻게 살 것인가?'라는 물음에 가장 많은 영향을 줄 사람도 짝꿍이다.

그런 짝꿍을 20대 초반에 만났다. 짝꿍은 친구의 남자 친구의 후배, 열댓 명 중 한 명이었다. 나는 그 후배 중에서 나름 훈남인 오빠와 사귀었다. 그 동네 패거리(?)들이 친목을 위해 만든 다음(Daum) 카페에도 가입했다. 카페 이름은 자그마치 '소주 대마왕', 카페 이름만 들어도 코끝을 자극하는 진한 알코올 향이 올라오는 것 같다. 짝꿍의 카페 닉네임은 '술상무'. 술자리에서 분위기 메이커 역할을 하는 사람을 '술상무'라고 부른다. 짝꿍은 닉네임답게 음주와 가무, 접대에 능했다. 고작해야 동네 친구들과 그들의 지인뿐이던 카페 회원들을 관리하고, 부대 맨 앞에 서서 작전을 지휘하는 장수 같은 역할을 했다.

훈남이던 그 오빠는 만나보니 찌질했다. 얼굴만 보고 시작한 연애는 금세 막을 내렸다. 카페 회원 중에서 제일 말이 잘 통하던 짝꿍과는 계속 연락을 주고받았다. 가끔은 '썸인가?' 싶은 만남을 이어가기도 했다. 짝꿍은 날 유명한 채식 뷔페에 데려가기도 했고(나 고기 좋아하는데…), 먼 길을 운전해서 '아침고요 수목원'도 데리고 갔다. 나는 아침 일찍 일어나 도시락을 싸는 정성을 들였다. 데이트 비스름한 것을 했지만 끝내 연애하진 않았다. 어느새 연락이 뜸해졌고, 그렇게 몇 년이 흘렀다. 20대 후반으로 접어든 어느 날, 모르는 번호로 전화가 왔다. "나야, 술상무!"

몇 년 만에 '술상무'를 다시 만났다. 왕년의 '소주 대마왕' 멤버가 감자탕에 소주를 마시며 신나게 이야기 나눴다. 못 보던 사이에 '술상무'는 비바람에 깎이고 다듬어져 둥근 바위가 되어 있었다. 난 존경할 수 있는 남자를 만나고 싶었는데, 그가 딱 그렇게 바뀌어 있었다. 말도 잘 통하고, 배울 점이 많은 그에게 술김인 척 말했다. "오빠, 우리 나중에 결혼할 사람 없으면 둘이 하자!" 그도 웃으며 답했다. "그래. 그러자!"

우리는 그러고도 몇 년이 지나서야 연애를 시작했고, 1년 뒤 부부가 되었다. 그리고 장장 5년을 고민하던 '귀촌'을 감행했다. 주위에서는 저마다 한마디씩 했다. "무슨 젊은 애들이 시골이냐?", "뭐 먹고살려고 그러냐?", "잘 다니던 직장은 왜 그만두냐?", "잘 만났다. 잘 만났어."

귀촌에 대해 열띤 대화를 시작할 때마다 자주 하던 말이 있었다. "그래서 최종 버전이 뭐였더라?" 하도 썼다 지웠다 반복해서 최종적으로는 어떻게 하기로 했는지 헷갈리기 일쑤였다. 누군가에겐 대책 없어 보일지 몰라도 우리는 깊이 고민했다. 우리만의 방법으로 우리만의 이야기를 수십 번 썼다 지웠다 다시 쓴 결과였다.

평생을 서울에서만 산 짝꿍은 20대 때부터 귀촌을 꿈꿨다고 한다. 마흔이 되기 전에 시골에서 살겠다고 다짐했단다. 짜고 친 고스톱처럼 짝꿍은 서른아홉 살에 귀촌했고 꿈을 이뤘다. 서울에서 태어나 도시에서만 산 내가 왜 그와 짝짜꿍이 되어 시골 앓이를 했는지 모르겠다. 할아버지 댁 아궁이 앞에 앉아 불장난하고, 논둑길 걷고, 개구리 잡던 어린 시절 추억이 좋아서였나? 미국의 진화심리학자 고든 오리언스는 인류가 수백만 년 동안 생활해 온 곳이 아프리카의 사바나 초원이고 그래서 우리는 선천적으로 자연에 끌리게끔 진화했다고 말했다. 짝꿍과 나에겐 사바나 초원을 달리던 유전자가 많이 남아있나? 그래서 풀과 나무, 물과 바람을 찾아 귀촌한 걸까?

계절에 따라 서식지를 이동하는 철새처럼 우리가 본능에 따라 쉽게 귀촌한 것은 아니었다. 귀촌하려는 우리의 발목을 잡는 건, 언제나 '나'였다. 손에 쥔 것을 놓지 못하는 나, 용기 없는 내가 계속 시간을 끌었다. 짝꿍은 초특급 울트라 초절정 판타지 '성장형 인간'이다. 반면, 나는 메가 파워 특급 리얼리티 '안정 추구형 인간'이었다. '안정 추구형 인간'도 초특급 울트라 초절정 판타지 급 '성장형 인간'을 만나면 서서히 물든다.

내가 흐리멍덩해질 때마다 성장형 짝꿍은 불경을 외듯 읊조렸다. 내가 포기하기엔 아까운 직장이라며 사표를 내지 못하자 짝꿍은 말했다. "지금 손에 쥔 것을 놓아야 다른 하나를 얻을 수 있지." 변화하는 게 두렵다고 하자, "요즘같이 급변하는 시대에 변하지 않는 게 더 두려운 거 아니야?" 한다. 시작을 망설이는 나에게는 늘 이렇게 말한다. "뭘 고민해? 무조건 해야지!” 늘 부처 같은 소리만 해서 짝꿍의 별명은 ‘부처님’이 되었다. ‘술상무’에서 ‘부처님’이 된 짝꿍은 말한다. “한 번 사는 인생, 하고 싶은 거 하며 재미있게 살다 가야지.” 나는 읊조린다. ‘나무아미타불 관세음보살’

“한동네에 살다가 죽는 건 너무 재미없다.”, “도시에서도 살아보고, 시골에서도 살아보고, 다른 나라에서도 살아봐야 한다.”라는 우리 집 부처님 말씀을 따라 지금은 도시를 떠나 시골에서 산다. 시골로 보금자리를 옮긴 날, 나는 다시 태어났다. 남들이 하니까 나도 하는 삶은 경계한다. 사는 대로 생각하지 않고, 생각하는 대로 산다는 게 무슨 의미인지 알았다. 삶을 바라보는 눈도 달라졌다. 부처님과 살다 보니 나도 반 보살이 되고 있나 보다.

나와 부처님은 또 한 번 작당 모의를 하고 있다. 우리의 다섯 번째 프로젝트, 프로젝트명 CBS.(기독교 방송 아님. 뜻은 프로젝트 성공하면 공개할게요!) CBS의 성공을 위해 에너지를 집중하고 있다. 매번 작당 모의를 하고, 작당 모의를 프로젝트라 칭하며 몇 번째 프로젝트인지 세어 본다. 지금까지 네 가지 프로젝트를 모두 성공적으로 마쳤다. 그러다 보니 12년이 흘렀다. 지금처럼 삶에 이름을 붙이고 그 여정을 즐긴다면, 지루한 삶을 살지는 않을 것 같다. 죽을 때 후회하지 않는 삶, "한바탕 잘 놀다 간다."라고 말할 수 있는 삶을 살고 싶다.

아! 가장 중요한 것을 빠뜨렸다. 그렇게 살다가 부처님보다 먼저 죽고 싶다. "나무아미타불 관세음보살. 부처님 없는 삶은 상상할 수 없어요."

임소명의 글

딸과 아들

어떻게 키울 것인가?

다른 사람도 나처럼 '아무 생각 없이' 애를 낳았을까? "배 속에 있을 때가 가장 편하다."라는 농담 섞인 말을 왜 다들 진짜 농담처럼 웃으면서 하는지 모르겠다. 누군가 "아이는 낳는 게 좋을까요?"라고 묻는다면, 나는 함부로 조언할 수 없다. 내가 뭐라고 그런 어마어마한 일에 조언을? 그런데도 "제발! 대답해 주세요." 한다면, 일단 눈가에 웃음기부터 없애고 대답할 테다. "아이가 태어나는 순간부터 잠을 푹 자지 못할 거예요.", "모유 수유가 끝나면 탱탱하던 가슴은 삶의 의지를 잃어버린 채, 항상 시무룩해 있을 거예요. 아니면 아예

자취를 감출지도 몰라요.", "자유? 혼자만의 시간? 그게 뭐예요?", "자식 걱정은 눈 감을 때나 끝난대요."

나는 '아무 생각 없이' 애를 낳았고, 낳았더니 엄마가 되었다. 그제야 '어떻게 키울 것인가?'를 고민했다. 처음에 든 생각은 "아이들이 나처럼 생각 없이 크지 않았으면 좋겠다."였다. 공부는 왜 하는지 묻지 않고, 정답 고르는 능력을 갈고닦아 좋은 대학에 입학하고, 대기업에 취직해서 결혼하고 애를 낳는 삶을 '생각 없이' 쫓아가지 않기를 바란다. 물론 나는 죽어라 공부하지 않았고, 좋은 대학도 가지 못했으며, 대기업에 다니지도 않았다. 다만, 아이들이 나와 다르게 '생각'을 하며 살길 바랄 뿐이다. 세상 사람들이 이미 넓어놓은 길을 무작정 따라가지 않았으면 좋겠다. 남이 모르는 길, 가보지 않은 길로도 용기 있게 떠나보길 바란다.

그러기 위해 가장 바탕이 돼야 할 일은 아이들이 디디고 있는 땅을 튼튼하게 다지는 것이다. 아이를 명문대에 보내기 위해 최선을 다하는 부모가 아니라, 매일 아이와 함께 땅을 밟고 그 땅을 잘 다져주는 부모가 되고 싶다. 아이들의 내일이 튼튼할 수 있는, 넘어져도 다시 일어설 수 있는 비옥한 땅을 만들어 주고 싶다. 그 땅에서 자란 아이들이 어떤 꽃으로 피어날지, 어떤 열매를 맺을지는 내 몫이 아니다.

'어떻게 키울 것인가?' 늘 하는 고민인데도 어렵다. 정답은 모르겠지만, 세상에는 여러 갈래의 길이 있다는 것을 삶으로 직접 보여주기 위해 노력한다. 영화 〈리틀 포레스트〉에서 혜원 엄마가 혜원에게 한 말이 있다. "혜원이가 힘들 때마다 이곳의 흙냄새와 바람과 햇볕을 기억한다면 언제든 다시 털고 일어날 수 있을 거라는 걸 엄마는 믿어." 혜원 엄마의 말은 내가 시골 육아를 선택한 이유와 가장 닮았다.

아이들과 시골로 이사 온 날, 온 동네에 떡을 돌리고, 하루 종일 자전거를 탔다. 아이들은 신나게 바깥 놀이를 해서인지 이틀 연속 씻지도 못하고 잠들어버렸다. 꼬질꼬질한 발을 물수건으로 닦아 주다 말고 왠지 뿌듯한 마음이 들었다. 두 아이가 흙투성이가 되어 꼬질꼬질해진 모습이 왜 이렇게 귀엽고, 사랑스럽던지⋯ 아이들도 자고, 세상의 모든 소음도 잠든 밤. 개구리 울음소리만 들리는 거실에 앉아 '참 행복하다.'라고 생각했다. 아이들이 이렇게 열심히 뛰놀면서 크는 게 좋았다.

봄이 오면 아이들과 함께 예쁜 꽃을 심었다. 아이는 지천으로 핀 들꽃을 뽑아다 엄마에게 꽃다발을 만들어 주었다. 뜨거운 여름이면 계곡에서 더위를 식혔다. 뙤약볕에 애호박이 쑥쑥 자라듯 아이들의 몸과 마음도 하루가 다르게 컸다. 가을이면 황금 들판을 뛰어다니고 더 열심히 동네를 누볐다. 얼굴은 가을볕에 더 까무잡잡해지고 영락없는 시골 아이들이 되었다. 눈이 오면 언제나 밖으로 출동했다. 온통 새하얀 세상에 제일 먼저 발 도장을 찍고, 앞마당을 지키는 눈사람을 만들었다. 사계절을 온몸으로 느낄 수 있는 일상에서 다채로운 생각이 자랐을 거라 믿는다.

여름 길목에 접어든 어느 날, 하교 후 집으로 돌아오는 길이었다. "엄마! 오늘은 저쪽 골목으로 가봐요." 평소에 가는 길과 다른 길, 구불구불 1차선 좁은 골목길을 손으로 가리키며 말한다. 그 골목길에는 앙증맞고 예쁜 꽃들이 있다. 골목길로 들어서자, 창문을 활짝 연다. 아이들은 차창 밖으로 손을 뻗어 꽃들을 어루만진다. 그러고는 쉴 새 없이 조잘댄다. 꽃이 예쁘다고, 참 부드럽다고, 향기가 좋다고 말이다. 기어이 차에서 내려 꽃들을 더 세심하게 바라보고 자그마한 손으로 따뜻하게 감싸 안는다. 초록빛이 짙은 평안함을 주는 이곳에서 당연한 것 같은 존재들을 당연하지 않게 여기며 사는 것, 그 존재들에게 감사해하는 것, 작은 것들을 소중히 여기는 것. 그것이 나에게 행복이다. 내 아이들이 감사할 줄 아는 아이, 연약한 것을 아낄 줄 아는 아이로 자랐다고 느낀 날이었다. 아이들을 바라보는 내 눈에서 계속 하트가 발사됐다.

사실 아이를 시골에서 키우냐, 도시에서 키우냐는 그다지 중요하지 않다. 내 아이가 무엇을 좋아하는지, 어떤 것에 흥미가 있는지 관찰하려면 부모의 마음이 여유로워야 한다. 나에게는 가치를 바로 세우는 시간이 필요했다. 나와 아이를 들여다보는 시간, 아이와 함께하는 시간이 많아야 한다고 생각했다. 그래서 욕심은 잠시 접어두고, 시골에서 아이들과 함께 성장하는 삶을 택한 것이다.

살면서 누구나 좌절과 고통의 순간을 만난다. 그때 유년 시절의 행복한 기억이 우리 아이들을 올바른 길로 이끌어 줄 거라 믿는다. 자연에서 마음껏 뛰놀던 어린 시절의 추억이 튼튼한 뿌리가 되어줄 것이다.

아이를 낳지 않았으면 어땠을까 가끔 상상한다. 나는 비출산자를 응원하고 지지하지만, 내가 선택한 출산자의 삶도 가치 있는 선택이었다. 내가 만약 아이를 낳지 않았다면, 내 부모가 나를 어떻게 키웠는지 알지 못하고 죽었을 것이다. 내 자식만큼 남의 자식이 소중하다는 것을 몰랐을 것이고, 아이들이 살아갈 세상이 좀 더 나아지길 바라지 않았을 것이다. 아이들 덕분에 세상을 보는 눈이 달라졌고, 인간을 대하는 태도가 달라졌다. 아이를 '어떻게 키울 것인가?'를 고민하며 나도 함께 컸다.

내가 좋아하는 오소희 작가의 〈언니가 동생에게 들려주는, 엄마의 20년〉에는 이런 말이 있다. "내 인생은 나의 것,

애 인생은 애의 것." 내 아이들이 내 키를 훌쩍 넘어 나보다 더 큰 생각을 가진 성인이 되었을 때, 나는 뜨겁고도 차갑게 돌아설 것이다.

"안녕! 잘 가라! 이제 나는 나의 삶을, 너는 너의 삶을 살자! 두려워할 것 없다. 너는 기름진 땅과 단단한 뿌리를 가지고 있다. 느리게 가도 괜찮다. 돌아가도 괜찮다. 네 속도에 맞춰 뻗어나가라!"

임소명의 글

공부

나를 키우는 공부,
나를 위한 투자

전 세계 70억 명 인구 중 1%가 움직이면 트렌드가 되지만, 100%가 움직이면 혁명이 된다. 세상이 코로나 팬데믹 '이전'과 '이후'로 바뀐 이유는 코로나바이러스가 '누구에게나', '예외 없이' 닥친 위기였기 때문이다. 코로나바이러스는 우리의 관습, 조직, 방법 따위를 모조리 바꾼 '혁명'이었다. 그런데 앞으로 인류에게 코로나바이러스보다 더 큰 영향을 끼칠 것이 나타났다고 한다. 바이러스 같은 게 아니다. 그것은 놀랍게도 '수명'이다. 전 세계 인구의 평균 수명이 짧게는

10년, 길게는 20년씩 늘어나고 있다. 우리는 정말 100세까지 살 모양이다. 재수 없으면 150까지 살 수 있다는 말도 나온다.

수명 증가가 우리 삶에 어떤 영향을 끼칠지 진지하게 생각해 본 적이 있는가? 우리는 인생이라는 기차에 올라 쉼 없이 달린다. 열심히 공부하고, 노동하다가 보통은 60세 정거장에서 내린다. 인생 종착역이 100세로 바뀌었다는데 말이다. 그렇다면 100세 정거장까지 무슨 돈과 에너지로 갈 수 있을까? 국가도 우리의 수명 증가를 대비하지 못했다. 연금만 믿고 있다가는 큰일난다는 소리다. 이 사실을 알고도 미래가 두렵지 않다면, 당신은 둘 중 하나다. 노후 준비가 완벽하거나, 생각이 없거나.

세계적 석학인 와튼 스쿨의 '마우로 기옌' 교수는 《멀티제너레이션, 대전환의 시작》에서 "세대, 나이, 은퇴 같은 낡은 개념에서 벗어나 변화의 물결에 올라타라"라고 말한다. "이 나이에 뭘 해." 같이 낡은 말은 하지 말고, 세상이 만들어 놓은 '나이'에 얽매이지 않아야 한다. 책에서는 100세 시대를 준비하는 사람들을 '페레니얼(perennial)'이라고 부른다. '페레니얼'은 해마다 죽지만 다시 살아나는 여러해살이 식물을 뜻한다. 우리도 여러해살이 식물처럼 살아야 한다. 30년 전에 배운 지식으로 평생을 사는 시대는 끝났다. 이전과 다른 삶을 꿈꾸며 새로운 흥밋거리를 찾고 100세까지 가는 연료를 준비해야 한다.

　나는 어떤 연료를 모으고 있는지 생각해 봤다. 친구들과 수다 떨고 술 마시고, 연애하면서도 자격증 공부는 열심히 했다. 그때부터 100세 시대를 준비한 것은 아니었다. 자격증 공부는 '하면 좋다니까', '해야 한다니까' 했다. 인기 애니메이션 〈헬로 카봇〉의 등장인물 '차탄' 엄마처럼 자격증이 500개는 아니지만, 내가 가진 자격증도 어느새 20개가 넘었다. "뭘 좋아할지 몰라 다 준비했어." 뭐 먹고 살지 몰라서 다 준비한 것 같지만, 그 자격증을 딸 때만큼은 먹고사니즘에 꼭 필요하다고 생각해서였고 그때마다 내 관심사는 변했다.

　필요와 관심에 따라 자격증 공부를 했다. 한글, 엑셀 등 사무 관련 자격증과 세무, 회계 자격증 덕분에 취업하기 좋았다. 빵을 구워 먹는 삶을 꿈꾸며 제빵을 배웠고, 배우는 김에 제빵 기능사 자격증을 땄다. 놀이 체육 지도사, 초등수학 지도사 등은 학교에 제출하는 이력서를 든든하게 채워주던 자격증이다. 이 중에는 취직에 도움이 되어 돈을 벌게 해준 배움도 있고, 지금까지 써먹는 고마운 배움도 있다. 물론 지금은 쓸모없어진 배움도 있다. 하지만 모든 배움은 쓰임이 있다. 그 배움들은 내 안에 녹아있어 내가 의도하지 않아도 밖으로 묶어 나온다. 모든 배움은 쓸모 있다는 사실을 믿고, 배움을 이어가야 100세까지 의미 있게 살 수 있다.

귀촌해서 잘살고 있었는데 사업이 망했다. 도시로 돌아가기 싫어서 시골에서 먹고 사는 방법을 찾았다. 이 동네에서 먹고 사는 방법은 네 가지다. 농사를 짓거나, 자영업·군인·공무원을 하거나… 짝꿍은 공무원 시험을 준비하며 도서관에 틀어박혔다. 아이들은 아직 어렸고, 나는 육아와 병행할 수 있는 일을 찾아야 했다. 사회복지사와 보육교사 자격증을 따서 아이들이 학교에 있는 시간에 잠깐 할 수 있는 일을 해야겠다고 마음먹었다. 그런데 당시 경제 상황으로는 수강료를 결제하기가 부담스러웠다. 무엇을 시작하기 전, 항상 돈 때문에 망설이던 나에게 짝꿍이 말했다. 본인에게 '투자'하라고, 지금 당장 돈에 쪼들린다고 아무것도 하지 않으면 평생 제자리걸음이지 않겠냐고 말이다.

계속해서 무언가를 배우려면 많은 시간과 돈이 든다. 그 바다에 퐁당 빠져보고 싶지만 돈 때문에 망설인다. 그런데 '투자'라고 생각하면 조금 과감해진다. 투자라고 생각하라는 짝꿍의 말 덕분에 나는 시원하게 카드를 긁었고, 자격증을 취득한 덕분에 학교에서 더 많은 활동을 할 수 있었다. 한 번 결제한 수강료 백만 원은 더 많은 수업을 할 수 있게 해주었고, 한 달에 백만 원씩을 '더' 벌게 해주었다. 두 개의 교육과정과 실습을 거치며 작성한 리포트와 문서 양식을 팔아서 2020년부터 600만 원을 벌었다는 사실은 매번 놀랍다. 내가 수강료 백만 원이 아까워서 나를 위한 투자를 망설였다면 어떻게 되었을까? 같은 자리를 뱅뱅 돌다가 주저앉아 후회했을 것이다. '그때 뭐라도 해볼걸…'

공무원이 된 짝꿍이 나에게 슬슬 바람을 넣었다. "자기도 충분히 (공직에) 들어올 수 있어!" 나는 절대 공무원 공부는 하지 않겠다고 버텼다. 그런데 코로나로 학교 수업이 취소되고, 친한 언니의 남편이 갑작스레 하늘나라로 떠나는 것을 보며 조금씩 마음이 움직였다. 코로나 같은 바이러스가 다시 와도 내 한 달 수입에 영향이 없는, 매년 계약하지 않아도 되는, 남편 없이도 아이를 키울 수 있는 안정적인 직업을 가져야겠다고 생각했다. 나는 공무원 시험을 준비하기로 했다. 다시 과감하게 카드를 긁을 시간이 다가왔다. 눈 한 번 질끈 감고, 전 과목, 전 강사의 강의를 무제한으로 들을 수 있다는 '프리패스 수강권'을 결제했다. 앞선 자격증 취득을 위해 긁어야 했던 금액보다 훨씬 컸다. 다만, 1년 안에 합격하면 환급해준다는 말이 위로가 되었다. 우수한 성적으로 공무원이 된 짝꿍의 코칭을 받으며 열심히 공부했다. '고3 때 이렇게 했으면

서울대 갔겠다.'라는 착각에 빠지기도 했다. 노력은 나를 배신하지 않았고, 나는 시험에 합격했다. 이제 코로나 팬데믹이 와도 두렵지 않다. 매년, 새로운 계약서에 도장을 찍지 않아도 된다. 남편 없이도 먹고 살 수 있게 되었다. 물론 심하게 박봉이라 아이들과 굶어 죽지 않을 정도로만 살 수 있지만 말이다. 단기 합격으로 수강료 환급도 받았다. (아! 환급해 준다는 말에 나처럼 혹하진 마시길… 이것저것 다 떼고, 얼마 못 돌려받는다) 안정적인 직업을 가져야겠다고 생각했지만, 부담스러운 비용 때문에 끝내 결제 버튼을 누르지 못했다면 어떻게 됐을까? 두렵다. 팬데믹이 다시 오는 것, 남편만 믿고 사는 것은 두려운 일이다. 일단 혼자서 60세까지 갈 수 있는 연료는 마련했다. 이제는 100세까지 가는 방법을 찾고 있다.

살다 보면 단기적으로는 손해지만 길게 보면 이득인 것들이 많다. 돈이 없다는 핑계 대지 말고, 조금씩 모아서 자신에게 투자해야 한다. 자기 계발을 위한 투자도 좋고, 주식, 외모, 취미 활동을 위한 투자 등 어떤 거라도 좋다. 비록 작은 투자일지라도 그것은 나비효과가 되어 내 피부로 느껴지는 날이 온다. 아니 그 투자는 어떤 모습으로든 반드시 내 앞에 나타난다.

이제 나에게도 어렴풋이 눈(目)이 생기기 시작했다. 그것이 미래에 가져올 이익을 보는 눈. 그 눈을 믿고 나는 오늘도 나에게 투자한다. 무이자 할부로…(부자 되기는 글렀다) 결제 버튼을 클릭하는 미세한 행동 하나가 뭉게뭉게 피어올라 허리케인이 되길 기다린다. 그런데, 노파심에 말한다. 그날이 오기를 기다리기까지는 몹시 힘들다. 어제와 다를 게 없는 것 같은 자기와 싸움도 계속해야 하고, 미세한 할부금이 허리케인이 되어 월급을 쓸어 가는 슬픈 장면도 마주해야 한다. 걱정돼서 덧붙인다. "카드 할부는 과소비를 불러옵니다.", "무절제한 카드 사용은 거지가 되는 지름길." 부디 본인의 경제 상황에 맞는 똑똑한 투자를 하길 바란다.

임소명의 글

엄마

엄마 전 상서

　'엄마'라는 단어는 참 신기하다. 나는 에너지가 많은 사람인데도 '엄마'라는 단어는 늘 서글픈 어조로 말하게 된다. 부르는 순간, 혼자서 무거운 여행 가방을 이고 가는 엄마의 인생이 떠올라 침잠한다. 모두에게 '엄마'라는 단어가 주는 느낌은 이렇게 아련하고 가슴 절절한 것일까? 엄마가 좋은 부모 만나 사랑 듬뿍 받고, 좋은 남자 만나 고생 안 하고 산 사람이라면 '엄마'는 가슴 찡한 단어가 아닐까?

　엄마는 아빠가 남긴 빚을 떠안았다. 내가 고1, 오빠가 고3때 일이다. 그럴 법도 하건만 엄마는 아빠에게 학비 좀 달라며 닦달하지 않았다. 엄마를 보며 생각했다. 이혼하면 보통 자식을 키우는 쪽에서 모든 걸 해결하는 거구나… 먹이고, 입히고, 재우고, 가르치고 알아서 다 하는 줄 알았다. 그래서 '엄마'라는 단어는 엄마의 무거운 인생과 중첩되어 코끝을 찡하게 한다.

자식에게 엄마는 완벽한 존재다. 나에게도 엄마가 그랬다. 엄마는 세상의 이치를 다 알고, 실수하지 않는 줄 알았다. 무엇이든 다 할 수 있는 사람인 줄 알았다. 내 아이들도 나를 그렇게 생각할까? 나도 실수하고, 새로운 것을 시작할 때는 두려운데 말이다.

나에게는 강하고, 완벽해 보이던 엄마가 생경하게 느껴지던 날이 떠오른다. 아빠, 그대 이름은 바람, 바람, 바람이었다. (노래를 흥얼거리신다면 우리는 같은 세대?) 엄마는 아빠에게 물었다. "어떻게 그렇게 계속 바람을 피울 수 있어요?" 아빠는 "밖에 여자가 없으면 불안하다."라는 명언을 남겼다. 아빠는 늘 그랬듯 '왔다가 사라지는 바람'처럼 바람을 피웠지만, 이번 상대는 격이 달랐다. 그 여자는 헤어지자는 아빠의 말에 같이 죽자며 불을 질렀다. 그 불로 가장 피해를 본 사람은 그 여자였다. 목숨을 걸고서 아빠와 헤어질 수 없다는 여자의 등장. 우리 가족의 삶은 송두리째 바뀌었다.

그즈음 아빠와 엄마도 더 자주 싸웠다. 불안한 마음으로 밤을 보내는 날이 많아졌다. 밖으로 나가 아파트 단지를 둘러싸고 있는 울타리를 만지며 걸었다. 무서워서 멀리 가지는 못하고 빨간 장미꽃이 피어있던 그 울타리 주변만 서성이며 생각했다. '죽고 싶다.' 죽고 싶다는 애가 장미꽃 가시에 찔릴까 봐 울타리를 조심조심 만지며 걸었다.

어느 늦은 밤, 엄마는 나에게 아빠가 밖으로 나가지 못하게 하라셨지만, 나는 아빠를 막지 못했다. 쫓아 나가던 엄마가 계단에서 넘어졌다. 엄마는 윗입술을 들어 올려 깨진 이를 나에게 보여줬다. 이가 깨진 것도 네 탓이고, 아빠를 막지 못한 것도 네 탓이라는 눈빛으로 날 바라봤다. 27년이 지난 지금도 엄마의 그 눈빛을 잊을 수 없다. 엄마의 눈빛은 내 가슴에 칼날처럼 박혀 상처가 되었다. 엄마는 누구에게나 사랑받는 사람이고, 내겐 완벽한 엄마였다. 그런데 날 원망스러운 눈빛으로 바라보던 엄마는 여태껏 내가 알던 엄마가 아니었다. 무섭고 차가웠다.

얼마 전, 그 눈빛이 떠올라 소스라치게 놀란 일이 있었다. 지금 생각하면 별것도 아닌 일에 아이를 탓하듯 쏘아보고 있는 나를 발견했다. 그날의 엄마 눈빛과 아이를 쏘아보던 내 눈빛이 정확히 겹쳐 보여 흠칫했다. 엄마의 그 눈빛이 가슴

속에 숨어 있다가 내가 제일 나약해졌을 때 칼날을 드러내는 것 같았다. 얼른 눈을 감았다 뜨며 눈빛을 정돈했다. 행여 내 눈빛이 아이에게 상처로 남을까 봐 무서웠다. 존재만으로 빛나는 너에게 내가 지금 무슨 짓을 한 거니… 내 모습을 보며 그날의 엄마가 이해되기 시작했다. 세월이 흘러 나도 한 남자의 아내가 되고, 두 아이의 엄마가 되었다. 만약 내가 엄마와 같은 상황을 겪었다면 어땠을지 상상해 봤다. 아마 나는 엄마보다 더 처절하게 무너졌을 것이다. 넘어졌다 일어설 힘도 없이 스스로 소멸했을 것이다.

올해, 그 시절 엄마의 나이와 내 나이가 똑같다. 본인의 마음 추스를 여유도 없었던 엄마를 이제서야 이해한다. 더 이상 엄마의 눈빛을 떠올리지 않기로 했다. 세월에 절인 상처를 이 하얀 종이 위에 뿌린다. 타임머신을 타고 그날로 돌아갈 수 있다면, 탓하듯 날 바라보던 엄마를 말없이 꽉 안아주고 싶다. '엄마, 힘들지?' 힘껏 끌어안고 토닥이고 싶다.

〈엄마가 휴가를 나온다면〉이라는 시가 있다.

엄마가 휴가를 나온다면

하늘나라에 가 계시는
엄마가
하루 휴가를 얻어 오신다면
아니 아니 아니 아니
반나절 반 시간도 안 된다면
단 5분
그래, 5분만 온대도 나는
원이 없겠다

얼른 엄마 품속에 들어가
엄마와 눈맞춤을 하고
젖가슴을 만지고
그리고 한 번만이라도
엄마!
하고 소리 내어 불러 보고
숨겨 놓은 세상사 중
딱 한 가지 억울했던 그 일을 일러바치고
엉엉 울겠다

정채봉, 《너를 생각하는 것이 나의 일생이었지》

나는 억울했던 일은 일러바치지 않을 것이다. 대신 엄마 인생에서 딱 한 가지 억울했던 일을 나에게 일러바치라고 하겠다. 모성애가 없던 엄마의 엄마? 무거운 국밥 그릇 머리에 이게 했던 계모? 내일까지 전기세 내야 한다고 말하면, 그제야 돈을 벌어다 주던 남편? 네가 어떻게 킹크랩을 사 먹었냐며 은근히 무시하던 동네 언니? 누구든지 말해보라고 하겠다. 엄마 속이 후련해질 때까지 신나게 그들을 욕해주고, 설익은 그들 사이에서 참 잘 살았다고 말해주고 싶다.

친정엄마 없는 사람이 제일 불쌍하다고 누군가 말했다. 나도 언젠가 불쌍한 사람이 되겠지? 불쌍한 사람이 되기 전에 마음껏 잘해드리고 싶다. 영원히 풀릴 것 같지 않은 엄마 가슴속 응어리를 열심히 어루만지고 싶다.

엄마, 건강하게 오래도록 제 옆에 있어 주세요. 오빠와 사위가 용돈도 많이 드릴 거예요. 그러니 맛있는 것도 마음껏 드시고, 여행도 더 열심히 다니세요.

"내가 세상에서 제일 행복한 할머니다."라고 말하는 엄마, "하루하루가 행복하다."라는 소녀 같은 엄마! 엄마 안에 있는 여리고 고운, 그러나 꽃피우지 못해 슬픈 아이를 이제는 제가 함께 돌보고 위로할게요. 엄마의 인생이 해피엔딩이 될 수 있도록 할게요.

엄마의 건강한 정신을 잘 담아낸 사람으로 키워주셔서 감사합니다. 사랑하고 존경합니다.

임소명의 글

미래의 나

사람은 변하면
안 되나요?

10년 후의 나

"자기는 10년 후에 뭐 하면서 살고 싶어?" 내가 약간 걱정스러워 보였는지 아니면 한심해 보였는지 짝꿍이 내게 한 질문이다. 귀촌해서 아이들과 실컷 뛰놀다가 다시 직장생활을 시작했다. 하루 종일 일하느라 바빴고, 사람들과 어울리느라 나를 들여다보는 시간을 갖지 못했다. 아니 갖지 않았다가 정확하다. 짝꿍의 질문을 받자마자 나도 모르게 미간이 찌푸려졌다. 급히 피곤해졌다. '자기가 미래에 대해 고민하고 준비하는 사람인 건 알겠는데, 그만 좀 하자! 공부 열심히 해서 여기 들어왔고, 들어온 지 얼마 안 됐거든? 근데 또 10년 후에 뭐 하면서 살고 싶냐고? 그냥 잠깐만이라도 미래에 대한 고민 없이 살면 안 돼?'라고 말하고 싶었지만, 나름대로 절제하고 포장해서 최대한 완곡한 언어로 마음을 전했다. 짝꿍은 알아들은 눈치였고, 그 후로 '나도 모르는 내 미래'에 대해 더 이상 묻지 않았다.

이상하다. 책에서 분명히 그랬다. 선사시대에 동굴 밖에서 이상한 소리가 나는데 '저게 무슨 소리지? 나가볼까?'하고 나간 사람과 처음 본 버섯을 보고 '이건 못 보던 건데, 한 번 먹어볼까?'하고 먹은 조상은 다 죽었다고 했다. 그래서 우리는 모두 겁쟁이들의 후손이라고 했는데… 그래서 우리는 안정을 추구하고, 변화를 두려워한다고 했는데… 저 사람은 뭐지? 짝꿍 말이다. 분명 겁 없던 사람들은 다 죽었다고 했는데, 짝꿍은 운 좋게 살아남은 자의 후손인가? 우리 조상들처럼 나도 안정을 추구하고, 변화를 두려워했다. 내 미래를 상상하고 꿈을 이루기 위해 노력하는 삶보다 현재를 즐기고 '어떻게든 되겠지!' 하며 머무르는 삶이 훨씬 쉽고, 편했다.

현재에 취해 생각 없이 살고 있었는데 몇 달 전, 무릎 수술을 받았다. 병문안을 온 친구가 책을 선물해 줬다. 그렇게 만난 《퓨처 셀프》는 전형적인 자기계발서였지만, 책에서 말하는 '미래의 나'는 왠지 생생하게 다가왔다. 책에서는 끊임없이 재촉했다. 짝꿍이 나에게 묻던 10년 후의 모습, 내가 그리기 귀찮아하는 미래의 내 모습을 구체적으로 그려보라고 말이다.

'어떻게 살아야 하는가?'라는 질문은 늘 막연했는데, 미래의 나와 현재의 나를 연결했더니 눈앞을 가로막던 안개가 걷히고, 무언가 실체가 드러나는 느낌이었다. 미래의 내가 진짜 옆에 있는 사람처럼 느껴졌다. 이렇게 생각 없이 살다가는 10년 후의 나에게 부끄러울 것 같았다.

짝꿍에게 들었을 때는 짜증 나던 그 질문을 나에게 계속 던졌다. "넌 10년 후에 뭘 하면서 살고 싶니?" 같은 질문인데 털끝만큼도 짜증 나지 않았다. 질문의 무게감도 느껴졌다. 뭐든지 스스로 깨달아야 동하는 법이다. (그러니 제발 아무것도 안 하는 이에게 무언가를 하라고 재촉하지 마라. 그들도 스스로 느껴야 움직인다)

분명한 건, 이대로 사는 건 재미없을 것 같다. 10년 후에도 지금과 똑같이 살고 있다면, 내가 너무 무능하게 느껴질 것 같다. 10년 후, 우리는 모두 지금과 다른 모습이 되어 있을 것이다. 10년 전 내가 연고도 없는 시골에 와서 살지 몰랐던 것처럼, 불과 5년 전만 해도 내가 공무원을 하고 있을 거라고 상상하지 못했던 것처럼 말이다. 그런데 생각해 보면 여러 해 동안 방향을 잡고 걸어왔기에 지금 이곳에 서 있는 것이다. 어쩌다 보니 여기까지 흘러온 게 아니다. 무엇이든 '어쩌다', '우연히', '그냥' 되는 것은 없다. 이렇게 살다가 '어떻게든 되겠지!'라는 건 없다. 계속 그렇게 살면 '어떻게든 안 된다!'

사람은 변한다

나는 이효리를 좋아한다. 1998년 핑클로 데뷔해 수많은 히트곡을 남겼고, 2003년 텐미닛으로 사람들을 10초 만에 홀렸다. 텐미닛의 도입부 "빠밤, 빰빠밤, 빰빰빰빰"은 지금도 내 가슴을 쿵쾅대게 하며 순식간에 나를 20대로 보내준다. 자타 공인 대한민국 탑인 이효리가 결혼과 함께 제주도에 내려가서 사는 모습은 동경의 대상이었다. 지금도 핫한 그녀는 던지는 말마다 인생을 대하는 태도가 보이고, 긴 여운을 남긴다. 광고계에서도 이효리는 언제나 탑이었다. 그런데 2012년부터 모든 상업 광고를 중단하겠다고 선언했다. 연예인으로서 쉽지 않은 선택을 한 이효리를 보며 존경스럽기까지 했다. 그런 그녀가 몇 달 전, 인스타그램을 통해 다시 광고하고 싶다고 말했다. 누군가는 욕할 수도 있다. "뭐야? 광고 안 찍는다면서?", "자기가 한 말을 어떻게 저렇게 쉽게 바꿔?" 그런데 나는 그래서 놀라웠고, 그래서 더 멋있었다. '어떻게 저렇게 당당하게 자기가 한 말을 바꾸지?' 이효리의 대답은 더 쉽다. 지금은 그냥 생각이 바뀌었다고 말했다.

　나는 생각이 변했다는 사실에 당당하지 못했다. "회사를 때려치우고 시골로 가더니, 다시 회사에 들어갔어?", "공무원 욕을 그렇게 하더니 공무원이 됐어?", "아파트 너무 답답해서 싫다더니, 뭐? 아파트로 이사했다고?"

　블로그에 기록했던 귀촌 일상을 들여다보면, 나는 누구보다 자연을 사랑하고, 느림을 추구하고, 시골을 예찬하고, 자본주의를 싫어했다. 그 순간 더 가치 있다고 여기는 것들에 집중하며 모든 불편을 감수하고, 그 불편을 감수하는 나를 보며 뿌듯하고 즐거웠다. 그러면 그것이 모두 거짓이었냐? 그건 절대 아니다. 그때의 나는 그랬고, 온전한 내 모습 그대로였다. 그런데 지금 나는 변했다. 이유는 간단하다. 생각이 바뀌었기 때문이다. 그런데 왜 나는 당당하지 못했나? 환경이 바뀌었고, 생각이 바뀐 것뿐인데 말이다. 사정상 더는 그 동네, 그 집에 살 수 없어서 읍내로 나오게 되었고 아파트를 구할 수밖에 없었다. 그런데 다시 살게 된 아파트가 어떤 주거

형태보다 편리하다는 사실에 매일 감동하고 있는 것뿐이다.

마흔이 되기 전에 귀촌하는 게 꿈이었던, 30년 넘게 서울에서 살다 귀촌한 짝꿍은 변했다. "사람은 아파트에 살아야해." 7년 동안 헌 집 관리하느라 등골과 진땀이 다 빠진 한 남자의 최후다. 시골 예찬가였던 그가 이젠 시골을 답답해한다. "사람은 서울에 살아야 해."라며 계속해서 생각을 바꾸고 있다. 지독히 시골 감성이었던 남자가 지금은 이 지경이 되었다. 원 없이 시골을 즐겼고, 원 없이 시골을 알게 된 남자가 이젠 시골에 원이 없어졌다. 최대한 빨리 서울로 돌아갈 궁리를 하며 "사람은 아파트에…", "사람은 서울에…" 같은 어록을 시리즈로 남기는 중이다.

나도 자급자족하는 삶을 꿈꾸고, 적게 벌어 적게 쓰고, 가족과 많은 시간을 보내는 것을 최우선으로 하던 사람이다. 자급자족을 비스름하게 해봤고, 적게 벌어 적게 써봤고, 아이들과 많은 시간을 함께하며 4인 가족 완전체로 살았다. 그러나지금은 변했다. 공무원 박봉에서 벗어나 고소득을 꿈꾸며 열심히 미래를 그린다. 《퓨처 셀프》에서 그랬다. "목표는 무모할 정도로 높게 설정하라."라고….

사람은 변한다 vs 안 변한다. 저마다 다르게 대답한다. 난 "사람은 안 변한다."라고 말하는 사람이었다. 천성은 말 그대로 천성이니까 잘 안 변한다. 그러나 태도나 인생관은 얼마든지 바뀔 수 있다. 사람은 변한다. "나 생각이 바뀌었어!"라고 당당하게 말해도 된다. 생각해 보면 '생각'이 바뀌는 게 당연하다. 생각은 본래 흘러가는 것인데, 흘러가지 않고 고여 있다는 게 더 이상한 것 아닌가?

어떤 생각을 하느냐, 어디에서 무엇을 하고 사느냐에 따라 삶의 모습은 달라진다. 그것을 몸소 체험한 후로는 생각을 바꾸고, 직업을 바꾸는 삶이 재미있다. 그래서 외국에서 살아보기, 섬에서 살아보기 같은 것들에 자꾸 끌리나 보다.

나와 짝꿍은 또 10년 뒤 환경과 직업을 바꾸며 살 궁리를 한다. 죽기 전에 몇 번의 다른 인생을 사는 것은 삶이 풍족해지는 일이다. 다양한 감정과 다채로운 이야기로 삶이 더욱 풍요로워질 테니까 말이다.

임소명의 글

천연발효빵

"손이 이렇게 생긴 사람이
손재주가 좋 대."

"어머! 무슨 손가락이 이렇게 생겼대?" 결혼한 지 12년이 지났는데 며느리의 왼손 엄지손가락을 처음 보신 시어머니가 웃으며 하신 말씀이다. '손이 예쁜' 아들과 딸을 둔, '손이 예쁜' 시어머니가 내 왼손 엄지손가락을 보며 정말 재밌어하신다. 그 모습이 너무 천진난만해서 당황스러웠다. 어머님께 기쁨을 드렸으니 즐거워해야 하나? 내 손가락이 그렇게 웃기게 생겼나? 웃어야 할지 울어야 할지 몰라 슬그머니 왼손 엄지손가락을 감췄다. 내 콤플렉스는 손이다. 짧고, 굵고, 못생겼다. 그중 으뜸은 왼손 엄지손가락이다. 다른 손가락보다 더 짧고 뭉뚝해서 주인인 내가 봐도 못났다.

내가 먼저 사람들에게 엄지손가락의 자태를 뽐낼 때도 있다. 내 엄지손가락을 보며 사람들은 즐거워했다. 그러면 나는 어디선가 들었지만, 출처를 알 수 없는 말을 꺼냈다. "손이 이렇게 생긴 사람이 손재주가 좋대." 사람들은 맞장구를 쳐주거나 웃어넘겼다. 손이 이렇게 생긴 사람이 정말 손재주가 좋은지 확인할 수 없는 나는 늘 쭈뼛거렸다.

"비 오는 날 이사하면 잘 산대."는 비 오는 날 이사하는 재수 없는 사람을 위로하는 말이다. "장어 꼬리가 정력에 좋대."는 제일 맛없는 장어 꼬리를 정력에 좋다고 포장하는 말이다. "손이 이렇게 생긴 사람이 손재주가 좋대."도 같은 부류다. 심지어 "손이 이렇게 생긴 사람이 잘산대."라는 말도 들었다. 어쨌거나 모두 손이 지지리도 못생겨서 슬픈 짐승을 위로하는 말이다. 그러나 한편으로는 믿고 싶었다. '나는 정말 손재주가 좋지 않을까?'

둘째를 낳고 육아휴직을 하던 중에 제과 제빵 학원에 등록했다. 나에게 정말 손재주가 있는지 확인하기 위해 등록한 것은 아니다. 시골에서 자급자족하는 삶을 꿈꾸고 있으니, 빵도 직접 만들어 먹으면 좋겠다고 생각했다. 단순히 빵 만드는 기술만 익히려 했는데 빵을 배우면 배울수록 '건강한 빵을 만들어야겠다.'라는 생각이 들었다. 빵에는 생각보다 많은 첨가물이 들어간다. 상품 가치 있는 빵을 만들려면 유화제, 보존제, 개량제 같은 화학첨가물이 들어갈 수밖에 없다. 가공 버터, 마가린, 쇼트닝처럼 몸에 안 좋은 유지도 넣는다. 하얀 설탕은 또 얼마나 많이 들어가는지 모른다. 질 좋은 재료만 넣은 빵을 만들어야겠다는 생각은 확고해졌다.

나는 대량 수입된 값싼 밀가루보다는 우리 땅에서 자라고, 우리 몸에 더 건강한 우리 밀을 선호한다. 정제된 하얀 밀가루보다는 통밀이 좋다. 자연스러움과 건강함을 좇다 보니 내 관심은 자연히 '천연발효빵'으로 흘렀다. 이스트(공업적으로 가공한 배양 효모)를 쓰지 않고, 천연 효모를 키웠다. 천연 효모는 공기 중에 떠 있는 미생물이나 과일 표면에 사는 미생물들을 천천히 불러 모아 배양한 것이다. 천연 효모에는 우리 몸에 이로운 효모균과 유산균, 유기산, 초산 같은 유익균이 많이 들어 있다. 그래서 천연발효빵은 특유의 풍미가 있고, 소화가 잘된다. 텃밭에서 키운 감자, 고구마, 단호박은 내 빵의 주재료가 되었고, 그렇게 만든 빵은 그 자체로 든든한 한 끼 식사가 되었다. 나의 천연발효빵 사랑은 날이 갈수록 깊어졌다.

내가 만든 빵이 오븐에서 나오면 두 돌이 안 된 아들이 어느샌가 식탁 위에 올라와 있었다. "마시 마시." 한다. '맛있겠다.'라는 뜻이다. 고사리 같은 손을 뒤집어 손등으로 빵을 만지며 "따끄 따끄." 빵이 '따끈하다.'라고 한다. 내 블로그에는 빵 사진과 함께 그 빵을 즐겁게 먹는 내 작은 아이들이 산다. 아이들 웃음소리, 그날의 공기, 향기가 그대로 살아 숨 쉬고 있다.

천연발효빵을 먹고 자라서인지 우리 아이들은 밀가루, 소금, 물, 천연 효모만 들어간 빵을 좋아한다. 이런 빵에 익숙하지 않은 사람들은 이걸 무슨 맛으로 먹냐고 하겠지만 우리 아이들은 갓 구워져 나온 투박한 빵을 보며 감탄한다. 구수한 향을 맡으며 눈을 감고 슴슴한 맛을 음미한다. 엄지척은 자동

반사적으로 튀어나온다. 아이들이 커서 어디선가 투박하게 구워진 빵을 보면 엄마 생각을 할 것이다. 천연발효빵의 풍미를 맡으면 엄마 냄새라고 기억할 것이다. 상상만 해도 뿌듯하다.

가족들에게 건강한 빵을 만들어 먹이겠다는 사명감으로 시작했지만, 빵 반죽을 만지는 일은 재미있었다. 우리 아이들 엉덩이같이 뽀얗고 탱탱한 반죽을 조몰락거리면 내 마음도 덩달아 말랑말랑해졌다. 오븐에 들어가서 봉긋하게 몸을 부풀리는 빵을 보는 재미도 쏠쏠했다. 우리 집은 빵집 앞을 지나갈 때 나는 구수한 향긋함으로 진동했다. 내가 만든 빵을 보며 사람들이 말했다. "어머나! 재주가 좋네!" 드디어 이 못생긴 손가락에 재주 하나를 장착했다는 사실이 반가웠다.

내 다음 여정의 한 컷에는 항상 빵을 굽는 장면이 있다. 짝꿍이 만들어 준 화덕에서 빵을 굽는 내 모습이 있다. 책과 테이블이 있는 공간 한편에 내 작은 빵 작업실이 있다. 그곳에서 빵을 굽고 커피를 내리는 삶을 그린다. 이도 저도 안 되면 제빵 자격증도 따놨으니, 빵집에 취직해서 하루 종일 빵 반죽을 만질 수도 있다. 아니면 트럭을 끌고 팔도를 누비며 꽈배기 장사를 해도 좋겠다고 생각한다. 나는 돌아다니는 것도 좋아하고, 꽈배기 빵도 엄청 예쁘게 잘 만드니까.

건강한 빵을 만들어 먹겠다는 의지가 빵 사랑이 되었고, 어느새 미래를 그리는 재료가 되었다. 이제 당당하게 말할 수 있다. "내 왼손 엄지손가락 좀 보여줄까? 손가락이 이렇게 생긴 사람이 손재주가 좋대. 난 이 손가락 덕분에 먹고살아. 그런데 네 손가락 예쁘다. 나랑 바꿀래?" 이제 나도 손재주깨나 있는 사람이 되어 좋긴 하지만, 손이 예쁘고 빵도 잘 굽는 인생도 한번 살아보고 싶다. 손이 예뻐지면 우리 어머님이 말씀하시겠지? "어머! 무슨 손가락이 이렇게 예쁘게 생겼대?"

임소명의 글

에필로그

◇◇◇◇◇◇

글쓰기는 화려한 수식어구와 특별한 무언가가 있어야 쓸 수 있는거라고 생각했었습니다.하지만 소소한 글감으로,함께얻는 공감으로 한두줄씩 써보는 연습은 제게 힐링이었고 이렇게 같이 쓸 수 있다는 용기까지 내게 해주었습니다. 그 용기가 첫 발걸음을 떼고 있습니다. 이제 한걸음씩 천천히 걸어보려구요.어려운 상황이었는데 격려해주신 변은혜 작가님께 감사인사드려봅니다. _김○연

글을 쓰며 인생의 여러 의미와 생각들이 스쳐갔습니다. 한 문장 한 문장의 무게도 느꼈습니다. 이번 책을 쓰기 까지 고민을 굉장히 많이 했습니다. 해도 되나, 고작 내가? 그렇지만 누구에게나 '처음'은 있기 마련이라는 것을 떠올렸습니다. 도전을 격려해준 가족들과 이 프로젝트를 진행해주신 변은혜 대표님께 감사의 말씀을 전합니다. _김진희

꾸준히 읽어왔으나, 다독가는 아닙니다. 비록 독립출판이지만 두 권의 책을 출간했으나, 문장의 기본도 몰랐습니다. 아주 짧은 시간이었지만, 이번 공저에 참여하며 글쓰기의 기초부터 퇴고하는 방법까지 배울 수 있었습니다. 변은혜 작가님께 감사드립니다. 어제보다 좀 더 나은 글을 쓰고 싶습니다. 그러기 위해, 계속 쓰도록 노력할 것입니다. _송지훈

어스름한 기억 저편 어딘가에 작가라는 꿈이 있었습니다. 스쳐지나가는 꿈이었는데 어느 순간 그 꿈을 현실로 만들고 싶어졌습니다. 한 달 동안 '반려'에 대한 글을 쓰면서 내 인생을 정리하는 시간이 되었습니다. 이 책을 시작으로 저는 또 다른 꿈을 위해 힘차게 달려갈 수 있을 거 같습니다. 지난 한 달, 함께 '반려'한 작가님들 감사합니다. _윤혜림

고등학교 때, 친한 친구가 저를 "임 작가!"라고 불렀습니다. 수기 공모전에 나가 수상의 기쁨도 누려봤습니다. 그러나 고민이 깊었습니다. '내 수준에 책 내도 되는 거야?' 쓰면 쓸수록 부족하다 느끼고, 알면 알수록 욕심나는 존재가 글쓰기인 것 같습니다. 제 글이 책이 되는 경험을 하고 나니, 반려 대상이 하나 더 늘었습니다. '반려 글쓰기' 평생 좋은 글을 쓰고, 좋은 삶을 사는, 글과 삶이 일치하는 사람으로 살고 싶어졌습니다. _임소영